常　河
张　岳
张理想
/著

守护黄山的

中国好人

时代出版传媒股份有限公司
安徽文艺出版社

图书在版编目（ＣＩＰ）数据

守护黄山的中国好人/常河, 张岳, 张理想著. 一合肥：
安徽文艺出版社, 2024.7
ISBN 978-7-5396-8056-9

Ⅰ. ①守… Ⅱ. ①常… ②张… ③张… Ⅲ. ①报告文
学－中国－当代 Ⅳ. ①I25

中国国家版本馆 CIP 数据核字(2024)第 065402 号

出 版 人：姚　巍
责任编辑：韩　露　　宋晓津　　　　　装帧设计：张诚鑫
....
出版发行：安徽文艺出版社　　www.awpub.com
地　　　址：合肥市翡翠路 1118 号　　邮政编码：230071
营 销 部：(0551)63533889
印　　制：安徽联众印刷有限公司　　(0551)65661327
....
开本：710×1010　1/16　印张：18.75　字数：200 千字
版次：2024 年 7 月第 1 版
印次：2024 年 7 月第 1 次印刷
定价：68.00 元
....

守护黄山的
中国好人

Shouhu
Huang Shan
De
Zhongguo
Haoren

目　录

楔子
总书记回信了

————————————————————

　　"好人"有着榜样的力量，"好人"就是一束光，会汇聚另一束光，甚至更多的光，就像前行的路上，一只胳膊挽起另一只胳膊，正向的能量就会传递，会传承。

　　迎着光，成为光。不仅在安徽，在整个中华大地上，学习习近平总书记给"中国好人"回信精神，争做社会的好公民、单位的好员工、家庭的好成员已经蔚然成风。

守护黄山的
中国好人

Shouhu
Huang Shan
De
Zhongguo
Haoren

2022年8月13日,星期六,晴。

一大早,胡晓春从黄山玉屏楼前的值班室下到位于山脚下的黄山风景区管理委员会。临下山,他还不忘围着迎客松转一圈,看看松针的长势,观察树根处土壤的情况,甚至他还深深吸了一口气——他太喜欢黄山上的空气了,那是一种带着松香的气味。这样的日子已经持续了12年,他像熟悉自己的身体一样熟悉这棵松树。

那天,胡晓春是在日出时刻观察迎客松的。当一轮红日从天际跳出来的时候,红中带着橘黄的朝霞投射到迎客松和它背后的青狮石上,一半明亮,一半幽暗,胡晓春觉得暖暖的,他看树的眼神也柔和起来。

那是他看女儿时才有的眼神。又一个月没见到女儿了,他思量,这个暑假,趁着游客不多,一定要把女儿接到山上住几天。

胡晓春的朋友们都知道,他的微信朋友圈里发的照片只有两个主题,一是"晒女儿",二是"晒树"。

黄山迎客松　吴春晖　摄

　　一年三百六十五天,胡晓春和迎客松相伴的日子超过三百天。他把女儿"养"在朋友圈里,却把迎客松养在身边、养在心里。

　　2010年,经过层层选拔,胡晓春成为第十八任守松人徐东明的徒弟,担任迎客松守护人B岗。2011年6月,胡晓春从师父手中接过望远镜和放大镜,正式成为第十九任守松人。

　　从此,他成为迎客松边上平行站立的另一棵树,以守护的姿态,一站就是12年。12年来,胡晓春像呵护女儿一样呵护着迎客松,每天风雨无阻地围着迎客松转,迎客松哪怕一丝一毫的变化,都能被他精准地捕捉到,然后记入《迎客松日记》中。

　　12年,他就站在迎客松下那间约10平方米的工作室里,通过监视器观察松树的变化。走出工作室,看见的就是比肩接踵的游客,每一名来黄山的游客心里都有一棵属于自己的"迎客松"。胡晓

春总是那样默默地站在门口，耐心向游客
讲述迎客松的由来、迎客松的历史、守护
迎客松的原因。"每天在接受游客咨询的
时候，我觉得是游客来到了我的家。家里
的成员就是我和迎客松，迎客松不会说
话，我得替它迎接来自五湖四海的宾朋。"

12年，风吹过，雪落过，冰雨冻过，雷
电威胁过，因为有了胡晓春和同事们家人
般的呵护，迎客松才得以以它千年的风
姿，展示着中国人民热情好客的形象，彰
显着中国人民坚强、坚韧的品质。

迎客松，世界上唯一一棵由专人守护
的松树。胡晓春，就是这棵"国宝"的光荣
的"卫士"。

因为守护迎客松，因为他年复一年辛
勤周到的工作，2019年，胡晓春被授予"全
国五一劳动奖章"，2020年被评为"全国劳
动模范"，2021年当选"中国好人"。

昨天晚上，胡晓春接到通知，今天上
午要到黄山风景区管委会开会。胡晓春到

日出的光芒投射在迎客松上　　胡鑫涛　摄

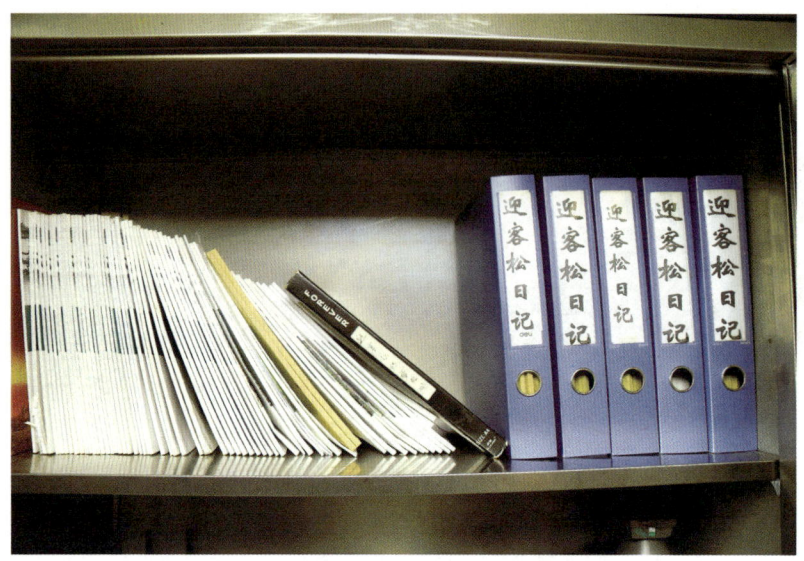

《迎客松日记》(1)　蔡季安　摄

《迎客松日记》节选(1)　黄山风景区管委会　提供

日 期	2016年1月20日		记录人	(签名)

天气情况	白天：08时~20时	上午：08时~11时	多云：风力1~2级 温度1~2℃ 相对湿度...
		中午：11时~13时	... 风力1~2级 温度0~2℃ 相对湿度83%
		下午：13时~17时	小雪：风力1~2级 温度0~2℃ 相对湿度94%
		傍晚：17时~20时	... 风力1~2级 温度0~2℃ 相对湿度...
	夜间：20时~08时		...雪 风力2~3级 温度-1~-4℃ 相对湿度...

值守情况	时段	08时前	11~13时	13时	17~20时	20~08时
	人员	(签名)	(签名)	(签名)	(签名)	(签名)

记录类别	记 录 内 容	记 录 说 明
守护	11:50分：清理护栏内积雪，无异常。	记录发现、制止以下损害迎客松的行为：刻划、钉钉、剥损树皮、攀树、折枝、悬挂物品或者以迎客松为支撑物；在距离迎客松树冠垂直投影20米范围内取土、采石、烧灰、烧火以及堆放和倾倒有毒有害物品及建筑材料等杂物（含天池水体）、铺架管线和围堰蓄水、建设非保护性设施；非保护人员进入封闭保护范围。
监测	7:30分：检查迎客松树体、针叶部、枝条、树顶、树冠支撑架、拉杆、防雷设施均无异常。8:48分：检查迎客松树体其余...无异常。12:05分：检查迎客松树体...无异常。14:08分：...无异常。16:21分：检查迎客松树体...无异常。17:48分：检查迎客松树体...无异常。20:00分：检查迎客松树体...支撑架、拉杆、防雷设施...均无异常。	记录迎客松保护范围内出现...

《迎客松日记》节选(2) 黄山风景区管委会 提供

达管委会不久,他的妻子张雪红按照昨晚的约定,从黟县宏村的家里赶到管委会。

不一会儿,李培生和妻子王翠霞也相继赶到。

胡晓春和李培生已经相处10多年了,熟得像亲兄弟,并有着战友般的默契。2007年,李培生还是黄山玉屏环卫所的环卫工人,胡晓春是防火员。有2年的时间,两人在玉屏环卫所的宿舍同居一室,胡晓春睡上铺,李培生睡下铺。

李培生被誉为"悬崖上的舞者"。他1997年在黄山风景区参加工作,从最初的检票,到后来的保洁环卫,2000年转岗到了放绳队,成为景区里的一名放绳工。

一根钓鱼竿、一顶安全帽、一捆大拇指粗的登山绳,就是身为放绳工的李培生在黄山风景区工作的所有工具。放绳工是黄山风景区环卫队伍中特有的一个工种,他们腰系绳索,下至光滑的悬崖绝壁清扫垃圾,碰到游客的贵重物品不慎掉落悬崖,他们会义不容辞地施以援手。

胡晓春为研学学生现场授课　张涛　摄

胡晓春在为少先队员们讲述迎客松的历史　黄山风景区管委会　提供

2000年以来，李培生总计放绳长度180多万米，约等于攀爬了200多次珠穆朗玛峰，其间无责任事故发生。

在黄山风景区，像李培生这样的放绳工共有18名，他们身系绳索，穿行在陡峭的悬崖间，只为换来黄山风景区的整洁美丽。维护好景区的绿水青山是他们最大的心愿，也是他们坚守的初衷。

人不负青山，青山定不负人。

2012年，李培生当选"中国好人"；2013年获得"黄山市首届道德模范提名奖"；2017年荣获"十大最美环保人提名奖"，同年获"安徽省五一劳动奖章"，并被评为"安徽省劳动模范"。

刚参加工作那会儿，他们肯定不知道要守护黄山多长时间，更无法想象两人的生活和工作会与一座山、一棵树有着无法分割的关系。

黄山上长满了郁郁葱葱的黄山松，挺拔、坚韧、不屈、向上。一只鸟飞过落下

"悬崖上的舞者"李培生　黄山风景区管委会　提供

一粒松子,一只松鼠在崖缝中遗忘了一粒松子,一阵风把一粒松子吹落到石壁上……没有人会注意一粒松子的萌芽,从一棵草的形状开始,它把根紧紧附着在石头上、崖壁间,靠着微薄的营养,迎着阳光,抵抗着狂风暴雨,年深日久,终于以一棵树的姿态站在这里。

当年,胡晓春和李培生也只是众多"松树"中不起眼的植株,时光向前,两人一同向上生长。

今天,两人对视了一下,眼神里充满了迷惘,严格地说,是太多的不确定。

周末和节假日,对于胡晓春和李培生来说是比平时更忙的日子。作为旅游景区的工作人员,别人的节假日就是他们"理所当然"的工作日。黄山每年的游客数量超过400万人,在旅游旺季,日均游客数量最多时5万余人,游客秩序要维护,山林火灾要提防,景区卫生要打扫,游客有需求必须尽快解决……

但今天两人竟都接到管委会"开会"的通知,这在他们的职业生涯中还是第一次,而且,他们的妻子也被通知赶来,更显得不合常理。

"一定有什么重要的事!"退伍军人胡晓春一直保持着军人的敏感。

"不知道,说不定就是开会啰。"比较而言,李培生讷言寡语些。但两个人的脸上都有着长年在山上奔波所特有的黝黑和朴实。和山相处久了,必有山的坚定稳重;与松相伴长了,自然有着松的坚挺舒朗。

10时许,时任安徽省委副书记程丽华来到会场,她逐一和胡晓春、李培生以及他们的家人握手:"胡晓春、李培生同志,你们多年如一日守护黄山辛苦了! 我们和北京来的同志今天送达的是一份重要的信件。"

"北京来的同志?"两个人心里一凛,再次对了一下眼神,脸上的表情凝重起来。

一只银色的密码箱在会议室中间被打开,工作人员从中取出一封信交给程丽华,程丽华再郑重地递给胡晓春。

尽管有过军营的历练,现场的气氛还是让胡晓春有些紧张,他觉得自己握起的手掌心里汗津津的。他张开手掌,在裤线处擦了擦,双手从程丽华手中接过信,微微颤抖着打开:

李培生、胡晓春同志：

　　你们好！来信收到了，你们长年在山崖间清洁环境，日复一日呵护着千年迎客松，用心用情守护美丽的黄山，充分体现了敬业奉献精神。

　　"中国好人"最可贵的地方就是在平凡工作中创造不平凡的业绩。希望你们继续发挥好榜样作用，积极传播真善美、传递正能量，带动更多身边人向上向善，弘扬社会主义核心价值观，争做社会的好公民、单位的好员工、家庭的好成员，为实现中华民族伟大复兴奉献自己的光和热。

习近平

2022年8月13日

那一刻,胡晓春脑海中一片空白。

他不敢相信自己的眼睛,他抬头望了望周围的人,再次低头迅速浏览一遍:"是真的!真的是总书记的回信!"他感到自己的心要跳出来了。

他把信交到和他并肩而立的李培生手里,几乎未假思索,他那时本能地觉得,第二个读到这封信的人,应该是李培生。

因为那个晚上,因为一度让人心颤如电光石火般的念头,因为只属于他们两个人的秘密……

李培生一直盯着胡晓春的神情,他从胡晓春读信时憋得通红的脸上隐约读出了某种信息,只是,他不敢相信。

李培生双手接过胡晓春递过来的信。"当时脑袋轰地一下,感觉有些站立不稳。因为我是从信的落款先看的……"至今回忆起来,李培生仍然难抑激动的心情。

是啊,两位在黄山之巅默默工作的普通职工,普通得像黄山上随处可见的黄山松,和北京有着山河之隔,竟然能引起总书记的关注,而且总书记还亲自给他们回信。

黄山风景区管委会坐落在黄山南大门,抬头即可望山。那一刻,风和日丽,在湛蓝天空的映衬下,黄山显得越发巍峨,而胡晓春和李培生的心里却如云海般翻腾。

在黄山工作了10多年,他们熟悉黄山的每一个角落,日日与奇松、怪石、云海、温泉这"黄山四绝"相伴,没想到,此时此刻,云海在心里,温泉也在心里。

第一章
我们都是收信人

————————————————

如果说 2016 年那一次迎客松守护人的相聚是因为黄山风景区管委会的邀请，那么，2023 年 8 月 28 日的相聚则是出于共同的自豪：因为回信，所以回归。

回归，不失为对初心的一次深情回望。

理由只有一个，那就是：我们都是收信人。

守护黄山的
中国好人

Shouhu
Huang Shan
De
Zhongguo
Haoren

回信，"中国好人"

"总书记给黄山的两位'中国好人'回信了！"

第二天，经过全国各家媒体的报道，从黄山到淮北，从新安江到淮河，安徽人记住了这个振奋人心的好消息，并由此记住了两个关键词：回信，"中国好人"。

"习近平总书记的重要回信，高屋建瓴、内涵丰富，情真意切、语重心长，充分体现了对'中国好人'的关怀关爱、对精神文明建设的高度重视、对安徽工作的关心。不仅是写给李培生、胡晓春个人的，也是写给所有'中国好人'的；不仅是李培生、胡晓春本人的光荣，也是全省人民的光荣。"8月15日，中共安徽省委专门召开常委会，认真学习习近平总书记给黄山风景区工作人员李培生、胡晓春的重要回信精神，研究部署安徽省贯彻落实工作。

会上，时任安徽省委书记郑栅洁如是说："我们要领会把握习近平总书记重要回信的深远战略考量、深刻思想内涵、寄予的殷切期望，进一步吃透精髓要义，更好地武装头脑、指导实践、推动工作。各地各部门要结合工作实际深学细悟、笃信笃行,推动精神文明建设落细落小落实。要深入抓宣传,积极营造向上向善的浓厚氛围。要精心组织有深度、有影响的宣传报道,迅速掀起宣传热潮,推动习近平总书记重要回信精神进企业、进农村、进机关、进校园、进社区、进网站。要广泛宣传好人模范的先进事迹和崇高精神,用心讲好模范故事,引导人们争做社会的好公民、单位的好员工、家庭的好成员。要进一步创新方式方法,善于运用群众喜闻乐见的宣传形式,塑造有血有肉、接地气、有温度的鲜活形象,带动更多人见贤思齐、争当先进。"

当星火被点燃

一封回信,就是一份嘱托,也是一份激励。

8月15日,黄山市委召开常委会扩大会议。当身着环卫工装、戴着小黄帽的李培生和穿着防火队员制服的胡晓春走进会场时,会场里响起热烈的掌声。

"今年6月份,我和同事胡晓春怀着一腔热血和深深敬意给习近平总书记写了一封信,信寄出后,我们是既高兴又忐忑。两天前,当我得知习近平总书记给我们亲笔回信时,我真是激动得睡不着觉,直到现在都不敢相信。"主席台上,李培生依然有些拘谨。之前,作为"中国好人",他已经多次为学校、机关、企业做过报告,但在市委常委会扩大会议上面对全市的领导,李培生还是第一次。

"我已经在黄山风景区工作、生活了24年。黄山,见证了我从青涩走向成熟,从曾经对山情一无所知到现今如数家珍。黄山不仅让我有了安身立命之所,也带给了我无上的光荣。能够在黄山基层一线奉献服务,我感到万分自豪!锤炼意志,勤能补拙,黄山的需要就是我的动力。其实,我身边有很多很多同事,他们比我做得更好,他们所付出的比我更多。如今,我收到了习近平总书记的亲笔回信,这份荣誉虽然落在我身上,但我觉得它不仅仅属于我一个人,它属于黄山,属于更多默默奉献的劳动者。请相信,我一定会一如既往地像习近平总书记期望的那样'积极传播真善美、传递正能量,带动更多身边人向上向善',在平凡的岗位上创造不平凡的业绩。"为了这份发言稿,学历不高的李培生思前想后,最后,他决定:只说心里话!

"8月13日,当我得知习近平总书记给我亲笔回信时,我激动得话都说不出来了。习近平总书记在回信中肯定了我在平凡的工作中做出了不平凡的业绩,这是对我本人,更是对众多扎根在黄山一线的工作人员的肯定。"随后走上发言席的胡晓春依旧紧张得涨红了脸膛。

"我于2006年转业安置到黄山风景区园林局护林防火大队,自2011年6月起任迎客松第十九任守松人,每年驻扎在海拔约1670米的迎客松旁超过三百天,总共写下了140余万字的《迎客松日记》。从部队军人到防火队员,再到迎客松守松人,改变的是工作岗位,不变的是使命和责任。不忘初心、牢记使命,在工作、生活中磨炼钢铁意志;学习前辈、爱岗敬业,传承历任守松人的经验和技术;牺牲小我、成就大我,与迎客松相伴感到无上光荣!黄山不仅给了我工作的机会、奉献的平台,而且给了我建功立业、实现人生理想的舞台。我一定会像总书记在回信中希望的那样,弘扬社会主义核心价值观,争做社会的好公民、单位的好员工、家庭的好成员。"

客观地说,从8月13日起,胡晓春和李培生迎来了他们人生中的"高光时刻",媒体的聚焦、社会的关注、领导的关怀、亲人的关切、朋友的牵挂,都会令人眩晕。但从两人朴实的话语中,丝毫感觉不到自得和骄傲,他们仍然是黄山上能看到却不起眼的"黄山松"。

"习近平总书记在百忙之中给李培生、胡晓春两位同志回信,这对黄山风景区来说具有极其重要的里程碑意义。"黄山市委常委,黄山风景区党工委书记、管委会副主任叶建强表示。他同时表态：黄山风景区将始终牢记总书记"用心用情守护美丽的黄山"的殷切嘱托，以"守山人"的执着追求，更高标准推进生态文明建设，持续加强规划管理、强化资源保护、打造最美风景线，着力打造人与自然和谐共生的典范。传承发扬"爱岗敬业、无私奉献"的时代精神，以"守山人"的不懈奋斗，在平凡工作中创造不平凡的业绩，引导景区广大干部职工热爱黄山、感恩黄山、敬畏黄山、奉献黄山，将思想和行动统一到加快打造"名录遗产地典范、旅游目的地标杆"的定位上来，统一到高标准建设生态型、国际化、世界级休闲度假旅游目的地的城市目标上来。认真贯彻"弘扬好人精神、发挥榜样作用"的指示精神，以"守山人"的全新形象，带动更多身边人向上向善，不断强化党建引领、精神文明建设、向上向善氛围，让广大游客和景区干部职工在黄山发现美、享受美、创造美、传播美。

这不是一次普通的会议。接下来我们将看到，那天的会场如同核聚变的托卡马克装置，核聚变一样的反应，从黄山之巅，传到江淮大地，再传遍华夏神州。

8月30日，"创意黄山·青春Young"青年创客主题季活动在黄山市屯溪区举办，李培生和胡晓春应邀到会分享他们的故事。

　　自8月13日接到回信后,两人一直很忙,但这样的活动,他们决定一定要挤出时间参加,因为参加活动的都是青年。"我们也是在青年时期选择了黄山,也许这个选择就是终生努力的方向。"胡晓春说,"我们只是在平凡的岗位上的普通人,如果说有什么值得欣慰的,那就是我们一直在坚守。我们就是希望用自己的经历,给青年人在选择职业道路和奋斗方向时提供一点启发和借鉴。"

　　又一年开学季,2022年退休赋闲在家的叶兴旺老师却有些惆怅,他很想念他的"老伙计"——一根被他的肩头磨得油光发亮的扁担。

　　35年里,每到开学时,为了让黄山市祁门县箬坑乡低岭教学点的孩子们能及时领到课本,也为了省些运费,为学校节省开支,叶兴旺总是起大早扛着扁担,用瘦瘦的肩膀把教材从乡里挑回来。这一来一回就是几十里路,其中15里更是"七上八下"崎岖陡峭几近荒芜的山路。他这一挑就是30多年,从一头青丝挑到了两鬓霜白。

　　35年里,作为这里唯一的老师,叶兴旺一肩挑了教学点的全部教学任务,高峰期,他一个人要教六个年级30多位学生。大单班复式教学,课程一门不能少,每天上课仅语文、数学教材就有厚厚的十二本。即使这样,他白天上课、辅导,晚上还要备课、批改作业。叶兴旺每天都要忙到深夜,带病上课堂是常有的事。和自己的身体相比,学生总是排在第一位。

30多年来,为了让学生中午能吃上热饭热菜,教室里一直放着他自备的火桶,每天他都要把学生带来的饭菜放在火桶里。农忙季节,有些家长在田里劳作,不能及时接送,他就把学生带回家辅导功课或留他们吃饭,直至家长收工回家……

被称作"扁担老师"的全国先进工作者、全国优秀教育工作者叶兴旺在学习了总书记的回信后说:"读过习近平总书记写给黄山两位'中国好人'的回信后,我很激动,备受鼓舞。作为一名退役军人、一名基层教育工作者,我将继续发扬'扁担老师'的服务精神,继续关心山区儿童教育、献身山区儿童教育,汲取更多奋进向上的力量,以更加饱满的精神状态向上向善,切实做一个有益于党、有益于国家、有益于人民的人。"

9月21日,黄山学院举办了主题为"学回信精神 向好人致敬 与榜样同行"的李培生、胡晓春先进事迹报告会。

听了李培生、胡晓春的报告,该校教师表示,将从"中国好人"精神中汲取养分,努力做培养时代新人的"大先生"。学生则表示,将自觉传承"中国好人"精神,向上向善,争做新时代的奋斗者。

每逢周末，黄山学院艺术学院2019级工艺美术专业学生邱涵都会坐两个小时的车，来到黄山市徽州区富溪乡中心学校开展爱心支教。邱涵表示，她将牢记习近平总书记的殷殷嘱托，立足所学专业，投身基层实践，将小我融入大我，在支教中奉献青春。"我要以两位'中国好人'为榜样，铭记他们的凡人善举，努力做一颗永不生锈的螺丝钉。"

"把简单的事做好就不简单，把平凡的事做好就不平凡。"黄山学院信息工程学院2021级计算机科学与技术专业学生杨振之是学校家电维修队的队长。维修队自2005年成立以来，服务社区居民及学校师生万余人，共修理常用电器9500余件，修复率在90%以上。习近平总书记的重要回信精神坚定了他们继续开展家电维修志愿服务的决心。

"'中国好人'李培生、胡晓春的可贵之处在于日复一日的坚守，不计得失，爱岗敬业。"黄山学院教育科学学院小学教育专业应届毕业生赖承双从西部的小山村走了出来，毕业时积极响应国家号召，毅然回去支援西部建设，"今后，我会继续学习'中国好人'李培生、胡晓春的敬业奉献精神，为大美新疆建设贡献自己的力量。"

近年来的网络热词中，"躺平"和"躺赢"是刺眼的词语，虽然不是主流，但背后折射的是部分年轻人的心态：社会物

胡晓春在记录《迎客松日记》　黄山风景区管委会　提供

质丰裕下的安于现状、时代开阖变迁中的犹疑观望、发展再攀高峰时的畏难情绪……

所以，我们有充分的理由认为：李培生和胡晓春在黄山学院所做的报告，绝非一次普通意义的分享。因为他们面对的是大学生这个特殊的群体，也许他们不是振臂一呼，应者云集的英雄，但至少，他们用真切的态度、切身的经历、朴实的价值观和大学生们做了一次敞开心灵的对话。他们的分享，可以让本就人数不多的"躺平"和"躺赢"队伍又少了许多人。

"叔叔，您对着松树在写什么？"

"小朋友，我正在写迎客松监测日记。"

"迎客松还有日记？"

"那当然。每年我都要陪伴它三百多天，日记里写得最多的话就是'无异常'，也只有写下'无异常'，我的心里才踏实。"

……

9月25日，黄山市实验小学的少先队员们深情演绎《黄山之巅的美丽守护》。这个节目在安徽省第三届红领巾讲解员大赛中获得一等奖，"守松人"的故事再次打动很多人。

黄山市实验小学三(1)中队少先队员李齐翀是《黄山之巅的美丽守护》中的红领巾讲解员之一。他的爷爷是园林工作者,一辈子都在研究如何种植、保护松树。他常听爷爷回忆2008年的大雪,一群"守松人"如何在冰雪中日夜守护迎客松。他的父亲是军人,三年前转业来到迎客松旁的派出所工作,也成了"守松人"。

胡晓春在整理《迎客松日记》　黄洋洋　摄

"寒来暑往,爷爷和父亲守护松树的时间远远多于陪伴我的时间。以前我想他们,却不理解他们。"通过这次讲解,李齐翀有了新的感受,"每个人都有自己的岗位,总要有人默默付出。这次参赛,我讲述了两位'中国好人'和身边'守松人'的故事,希望有更多的人感受到这种精神的力量。"

作品获得省赛一等奖,作为指导教师的黄山市实验小学少先队大队辅导员汪淑珍比少先队员们还要开心,"或许是因为这次的分享,主题宏大、意义深远"。7年前,怀揣着对红领巾事业的热爱,汪淑珍加入少先队辅导员队伍。2023年,她以"喜迎二十大　争做好队员"为主题,开展了一系列少先队活动。其中,围绕学习习近平总书记给"中国好人"李培生、胡晓春的重要回信精神,组织开展了聆听好人宣讲、给好人寄出问候、对好人进行专访等活动,引导少先队员汲取榜样力量、传承红色基因,从小学先锋、长大做先锋,用实际行动践行"请党放心,强国有我"的铮铮誓言。

"李伯伯,您是黄山上的放绳工。如此艰巨的工作,是什么支撑着您长期坚持呢?""胡伯伯,守松是一件十分艰苦的事,您在工作中遇到过什么困难?又是怎样战胜它的呢?"……比赛之前,黄山市少先队员、共青团员代表对"中国好人"李培生、胡晓春进行了专访。李培生、胡晓春深情寄语少先队员和共青团员:"传播真善美、传递正能量,从小向上向善、爱护环境,弘扬社会主义核心价值观,成长为堪当民族复兴重任的时代新人。"

学习习近平总书记重要回信精神,让熠熠生辉的"好人精神"从黄山之巅照亮团员青年、少年儿童的心田,也照亮砥砺青春建设"大黄山"的新征程。

这同样不是一次普通的比赛,因为近距离和榜样接触,一粒粒种子在孩子们心中生根发芽。这些种子,关于爱,关于坚持,关于诗与远方。

因为,我们都是收信人。

"我们都是收信人"

2023年8月28日,对来黄山的游客来说,是个幸运的日子,因为那天,黄山迎来了云雾。

黄山以其"四绝"奇景和博大的徽文化蜚声海内外,被誉为"天下第一奇山"。

"时浓雾半作半止,每一阵至,则对面不见。眺莲花诸峰,多在雾中。独上天都,予至其前,则雾徙于后;予越其右,则雾出于左。"这是明代旅行家徐霞客在《游黄山记》中对黄

如涛如纱撼峰峦　黄山风景区管委会　提供

山云雾的描写,"……山高风巨,雾气去来无定。下盼诸峰,时出为碧峤,时没为银海。再眺山下,则日光晶晶,别一区宇也。"

黄山位于北纬30°,东经118°,属于南岭山脉,面积约1200平方公里。特殊的地理位置,决定了黄山一年之中有云雾的天气有两百多天,极易形成云雾。

如果水汽过大,云雾浓密,那就是难得一见的云海了。

8月28日,黄山风景区的气象预报显示:"今天夜里到明天白天多云转雷阵雨,西南风4—5级,气温17—22℃;明天日出时间5时43分,可见日出概率55%,可见云海概率40%,森林火险1级。"

那天上午,峡谷里飘着云雾,如同仙女的白纱长袖,舞过山峦,飘过树冠,时而在山谷中流淌,时而在游客指尖倏然而过。云雾把黄山变成了仙山,把游客"醉"成了仙人。

那天上午,海拔1600多米的玉屏景区,在玉屏宾馆和迎客松之间的平台上,一个规模不大的仪式正在举行。

黄山风景区管委会领导把两块铜牌分别授予胡晓春和李培生,铜牌上鲜红的字样为"中国好人胡晓春工作室""中国好人李培生工作室"。

全山18名放绳工和13位守松人受邀见证工作室挂牌,并在一块"我们都是收信人"的彩色展板上集体签名。

从1980年为迎客松设置专人守护岗位，实行全天守护开始，至今迎客松已更替了19任守护人。但出于身体原因或其他原因，只有13名守松人到场并见证"中国好人"工作室挂牌。

其实，早在2016年4月底，黄山风景区管委会就向历任迎客松专职守护人发出诚挚的邀请，欢迎他们"回家"。5月6日，他们齐聚迎客松下，回忆因迎客松而不平凡的岁月。那是守松人集体登上黄山人数最多的一次。

我们让时光闪回到2016年，因为，我们想通过守松人对那一次聚会的回忆，记住他们的名字。

5月6日，黄山云奔雾涌，分外妖娆。

清早，第十九任迎客松专职守护人胡晓春如往常一样，细细察看迎客松的主干、枝丫、冠顶、冠幅等，然后逐项完成监测数据记录，守在迎客松旁，等候着那些特殊"客人"的到来。

迎风招展的迎客松下，除了忙碌的胡晓春，还有随时间晕开的黄山情缘……

"欢迎你们回家，回家看看迎客松。"上午11时许，黄山风景区管委会园林局副局长杨新虎与胡晓春站在迎客松下，问候13位特殊"客人"，详细介绍迎客松的长势。这13位特殊的"客人"有的白发苍苍，有的年富力强，他们像看望久

胡晓春工作室挂牌　蔡季安　摄

胡晓春工作室　蔡季安　摄

李培生工作室挂牌　蔡季安　摄

违的朋友一样,仔细打量着挺拔的迎客松,认真聆听迎客松目前的生长情况。其实,他们熟悉迎客松的每条枝丫,因为他们都在此守护过迎客松,是历任迎客松专职守护人。

对迎客松和守松人来说,5月6日是个特殊的日子。1914年5月6日,著名教育家黄炎培冒雨登临黄山,拍摄了迎客松照片。据可查的资料,这是迎客松最早的影像。2016年4月底,黄山风景区管委会继2013年1月后再次发出邀约,邀请历任迎客松专职守护人于5月6日回到黄山,共话迎客松保护。

"我们把青春奉献给了黄山,对这里的一草一木都有感情,特别是看到'国宝'迎客松,十分高兴。"邹中华是第十二任迎客松专职守护人,在黄山工作的16年中守护过迎客松1年。他笑容满面,招呼熟悉的人,与曾经24小时陪伴的迎客松合影留念。

65岁的洪维凯是第一任专职守护人,身体不太好的他接到电话后和夫人一起从上海赶到了黄山。"我对迎客松有感情,2013年元旦我们来过黄山,今年黄山风景区管委会邀请我们再次回来,我非常感动。"洪维凯说,这次带着老伴一起来黄山,也要跟她讲讲黄山和迎客松的故事。

时光飞逝,物是人非,黄山情缘越发珍贵。19任守松人

18名放绳工在迎客松前集体合影　蔡季安　摄

中,除了瞿兴辉守护两任,其余人皆守护一任,其中有3人已经去世,还有1位84岁高龄,身体不便,想回来看看,但心有余而力不足。如今,14位迎客松守护人相聚,共忆因迎客松而不平凡的岁月。

从1980年4月到次年底,姚社华任第二任迎客松专职守护人。他说:"刚开始守护迎客松,主要是防止游客乱摸树干、在树上刻画,因为游客多,工作压力很大。"

当时,黄山还没有索道,游步道设计也不够合理,游客从文殊洞到玉屏楼,迎客松下的登山步道是必经之路,难免会伤害到迎客松。1981年11月,黄山风景区绕开迎客松改道,并在迎客松四周建立护栏防护。迎客松专职守护人也开始了30多年的记录,记录守松工作日志。

风雨36年,19任迎客松守护人一茬接一茬,白天护树,晚上听涛,一天

24小时的全部内容几乎都是迎客松。"以前主要靠人力目测迎客松的长势，现在科学化水平很高，更为精准。"第十二任守松人邹中华说，无论如何，选择守松人的标准中很重要的一条就是责任心强。

岁月轮转，19任守松人36年接力，见证了迎客松保护措施的点滴进步，也见证了黄山为保护世界遗产所付出的心血：1980年初，黄山设立守松人，专职守护迎客松；1981年11月，改变游步道走向，避免游客直接接触迎客松；1985年，设立冬装春卸的活动支撑架，保护枝幅很大的倒一枝；2004年，设立小型气候观测站，实时监测湿度、风速、降水等信息；2006年4月，建成新型仿生态支撑架，增加防雷、避雷的功能；2014年底，建成迎客松红外监控入侵报警系统……

"今年3月，迎客松又进行了全面体检和综合保护工程，长势正常。"迎客松下，得知迎客松生长状态健康，14位守松人相互会心一笑，这是他们共同的心愿，也是黄山人的心愿。

看着历任守松人聚在迎客松下，听着现任守松人胡晓春讲述迎客松这两年的保护情况，杨新虎感慨万千。

2023年，13位守松人在迎客松前集体合影　蔡季安　摄

深入学习宣传贯彻习近平总书记给黄山风景区"中国好人"李培生胡晓春重要回信精神，用心用情守护美丽的黄山。

我们都是收信人

黄山风景区管理委员会

2023年，18名放绳工集体签名留念　叶有辉　摄深入学习宣传贯彻习近平总书记给黄山风景区"中国好人"李培生胡晓春重要回信精神，争做社会的好公民、单位的好员工、家庭的好成员。

我们都是收信人————

黄山风景区管理委员会

2023年,13位守松人集体签名留念　叶有辉　摄

　　他说，黄山从1980年初设立守松人，19任守松人跨了36年，由于20世纪八九十年代档案资料不完善，部分守松人的住址、联系方式缺失，为了找到他们，黄山风景区管委会花费了很多心思。比如第八任守松人方达仁，黄山风景区管委会找到曾经与他共事的老同事，回忆起他的家乡是歙县，又通过不同方式确认是昌溪乡，后来联系到"方达仁"，才发现只是同名同姓，并不是其本人。幸好昌溪乡政府介绍了岔口镇也有个"方达仁"，辗转多次才联系上。现在，黄山风景区管委会重新整理完善了档案，更新每位守松人的信息，将定

2016年，14位守松人大合影　黄山风景区管委会　提供

期看望他们或请他们回来相聚。

"他们为黄山保护发展付出辛劳、做过贡献,是多少代人保护黄山的代表,黄山不能忘记他们。"黄山风景区管委会负责人说,"我们把历任守松人邀请回家,一个都不能少,就是让他们看看黄山的发展变化,向他们表示感谢。"

黄山风景区为历任守松人准备了特殊的礼物。2016年5月6日11时30分许,迎客松下,黄山风景区管委会负责人为守松人颁发了"黄山迎客松守护人"证书,并戴上迎客松胸章,感谢他们为黄山保护工作做出的贡献。14位守松人除了站在迎客松下集体合影外,还依次分别留影纪念。黄山风景区还制作了一本以守松人为主题的杂志,讲述历任守松人不为人知的故事,让更多的人了解并记住这个全天候守在迎客松旁的群体。

守松人们都写下了自己的心声,把他们热爱黄山、热爱迎客松的感情化作一句句真诚朴实的话语,留给了黄山。

第一任守松人洪维凯:青春诚可贵,迎客松世稀,一时偶相守,终生心系恋。

第二任守松人姚社华:愿迎客松健康成长!

第四任守松人王福宝:守护迎客松是我这辈子最自豪的事!

第七任守松人谢正国:我爱故乡黄山,更爱迎客松,因为我是第七任守护人,以后走到天涯海角,迎客松都在我心中。

第八任守松人方达仁:想黄山,再来黄山,看看迎客松。

第九任守松人凌兵:迎客之道,了然我心。

第十任守松人吴夏仁:我爱黄山,我爱迎客松!祝愿黄山明天更美好!

第十一任守松人谢红卫:我爱黄山,我爱迎客松!

第十二任守松人邹中华:美丽黄山我爱您,更爱迎客松,我想有机会更多地看看您、见证您,愿迎客松永远常青!

第十三任守松人江录青:守松座谈聚玉屏,何人不起故园情。

第十四任守松人谢品红:迎客松很伟大!

第十五、十七任守松人瞿兴辉:黄山岩上松,翠绿伴其中,相看不改样,屹立松林丛。我爱黄山,我爱迎客松;愿迎客松健康、平安成长!

第十六任守松人沈成效:二〇一六迎客松,翠色壮骨赏仙境;二〇〇三十六任,驻守年半记终生。

第十八任守松人徐东明:我自豪,我骄傲,我是迎客

青春诚可贵,迎客朴世稀,

一时偶相守,终生心系之.

第一任守护人.

洪维礼

2016.5.6.玉屏楼

守护迎客松是我这辈子最自
豪的事!

王福宝

部分守松人心声(1)　黄山风景区管委会　提供

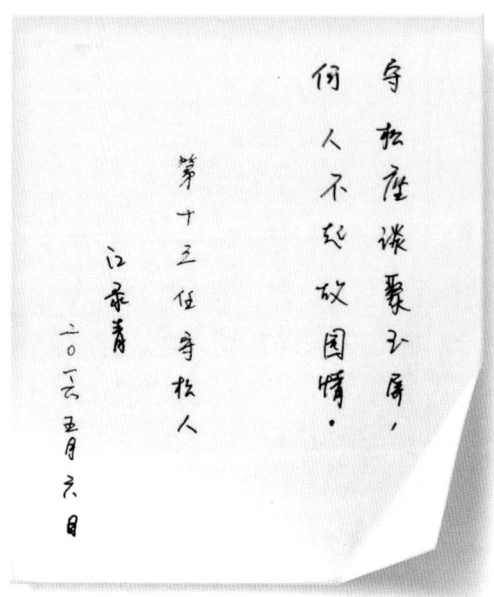

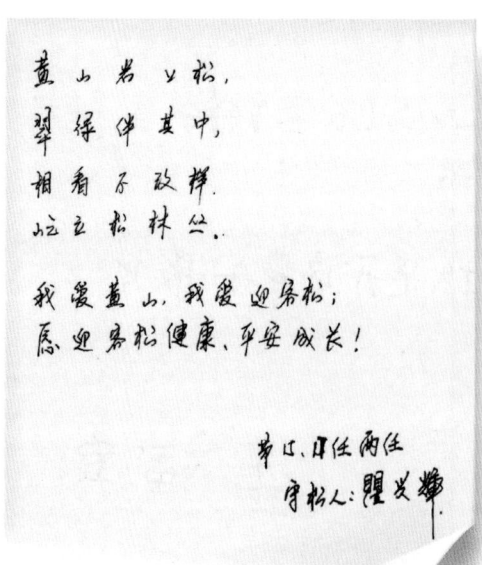

部分守松人心声(2)　黄山风景区管委会　提供

松第十八任守松人。

　　第十九任守松人胡晓春:祝愿迎客松健康,青春永驻!

　　如果说2016年那一次迎客松守护人的相聚是因为黄山风景区管委会的邀请, 那么,2023年8月28日的相聚则是出于共同的自豪:因为回信,所以回归。

　　回归,不失为对初心的一次深情回望。

　　理由只有一个,那就是:我们都是收信人。

守松人依次签名留念　叶有辉　摄

放绳工依次签名留念　叶有辉　摄

第二章
中国的善，世界看得见

────────────────────────────

　　迎客松是黄山之灵魂，也是中华之象征。它见证了中国历史的变迁和社会的进步，也见证了中国人民的奋斗和创造。它用自己的姿态和气质，呈现着一个古老而年轻、沉着而热情、传统而开放的国度。它用自己的生命和精神，激励着一代又一代中华儿女，在实现中华民族伟大复兴的道路上不断前进。

守护黄山的
中国好人

Shouhu
Huang Shan
De
Zhongguo
Haoren

黄山的前世今生

黄山,位于安徽省黄山市境内,地处安徽省南部、黄山市北部,地跨歙县、休宁县、黟县和黄山区、徽州区。

黄山,古代称为"天子都",因为它雄伟秀丽又神秘莫测,被古人认为是神仙的居所。远远望去,由于山体岩石呈黑褐色,秦代时,人们根据它的颜色又称之为"黟山"。

传说中华民族的始祖轩辕黄帝曾在此修炼升仙,唐天宝六载(747年)农历六月十六日改现名黄山,农历六月十六日被唐玄宗钦定为黄山的生日。

地质学家考证,黄山集8亿年地质史于一身,融峰林地貌、冰川遗迹于一体,兼有花岗岩造型石、花岗岩洞室、泉潭溪瀑等典型地质景观。前山岩体节理稀疏,岩石多球状风化,山体浑厚壮观;后山岩体节理稠密,多柱状风化,山体峻峭,形成"前山雄伟、后山秀丽"的地貌特征。

黄山经历造山运动和地壳抬升,以及冰川和自然风化作用,故形成了峰林结构。而黄山山体主要由燕山期花岗岩构成,垂直节理发育,侵蚀切割强烈,断裂和裂隙交错,长期受水溶蚀,形成花岗岩洞穴与孔道。

1982年,黄山风景区被国务院公布为首批国家级重点风景名胜区。1985年,黄山风景区被《中国旅游报》公布为中国十大风景名胜区之一。1990年12月,黄山被联合国教科文组织列入《世界遗产名录》。2004年2月,黄山被联合国教科文组织公布为世界地质公园。

明代旅行家徐霞客曾于1616年和1618年两次登黄山游览,共计在山上驻留十四天。

徐霞客一生游历的名山数不胜数,可唯独给了黄山最高的评价:"薄海内外之名山,无如徽之黄山。登黄山,天下无山,观止矣!"后人据此归纳为"五岳归来不看山,黄山归来不看岳"。

从此,黄山名扬海内外。

黄山松是松科松属乔木状,树高可达30米;树皮深灰褐色,会裂成不规则鳞状厚片或薄片;枝平展,老树的树冠平顶;针叶稍硬直;一年生小枝淡黄褐色或暗红褐色,无毛;球果卵形;花期4—5月;球果第二年10月成熟。因为这一新树种是在黄山首次发现的,所以用"黄山松"来命名。

1961年,著名林学家郑万钧等人发现黄山松与台湾松为同种,于是将两个树种合并,仍保留"黄山松"这一中文名称。

黄山松原产于中国,广泛分布于台湾、浙江、安徽、江西、福建、湖北、湖南、贵州诸省山区,大多见于海拔600—1800米山地。黄山松是喜光、深根性树种,喜凉润、空气湿度较大的高山气候,在土层深厚、排水良好的酸性土及向阳山坡生长良好,耐瘠薄,但生长迟缓。

黄山松树姿雄健优美,适合植于山丘风景区和山林绿地中。除观赏价值外,黄山松材质坚实、树脂丰富,作为建材优于普通松树,其树干可割树脂。此外,它耐瘠薄,对恶劣环境适应性强,可作为保持水土和改造土质的重要造林树种。黄山风光以松称绝而蜚声中外。黄山松名列"黄山四绝"之首,历来有"无石不松,无松不奇"之美誉,是《世界遗产名录》中"十大名松"之一。

黄山松特有的千姿百态和黄山自然环境相辅相成,与自然景观和谐一致。黄山松的种子被风送到花岗岩的裂缝中去,登临崚嶒峭壁,以无坚不摧、有缝即入的钻劲,在那里生根、发芽、成长。

黄山松奇在它无比顽强的生命力。黄山松是从坚硬的花岗岩石里长出来的,它们长在峰顶、挂在悬崖峭壁、挺立在深壑幽谷,郁郁葱葱,生机勃勃。黄山松还奇在它那特有的天然造型。黄山松的针叶短粗稠密,叶色绿,枝干曲生,树冠扁平,显出一种朴实、稳健、雄浑的气势。而每一株松树,

长相、姿容、气韵又迥异,都有一种奇特的美。人们根据它们
不同的形态和神韵,分别给它们起了贴切、自然而又典雅有
趣的名字,如迎客松、黑虎松、卧龙松、龙爪松、探海松、团结
松等等。

黄山松姿态坚韧傲然,美丽奇特,但生长的环境十分艰
苦,因而生长速度异常缓慢。一棵高不盈丈的黄山松,往往
树龄上百年,甚至数百年。黄山松根部常常比树干长几倍、
几十倍。由于根部很深,黄山松能坚强地立于岩石之上,虽
历风霜雨雪,却依然永葆青春。有人说,黄山"四绝"之一的
怪石名扬天下,黄山松有不可磨灭的一份功劳。这是松的
奉献,也是一种山与石意境的统一。

1995年10月15日至17日,时任中共中央政治局委员、书
记处书记,国务院副总理吴邦国考察黄山。在玉屏峰上,吴
邦国希望黄山人像黄山松一样坚韧不拔、奋发向上,并希望
这种黄山松精神成为安徽精神,以求黄山乃至安徽更快更
好发展。

1995年10月24日至27日,安徽省委六届二次全会召开,
会议提出以"黄山松精神"作为安徽精神的象征,即顶风傲
雪的自强精神、众木成林的团结精神、有益社会的奉献精神、
广迎四海的开放精神、自立发展的进取精神和坚韧不拔的

拼搏精神。

　　那个年代，恰好是安徽省从落后省份走向崛起的开始。

　　黄山脚下，曾走出了一个名叫胡嗣穈的少年。这位少年成了中国现代大名鼎鼎的思想家、文学家、哲学家，他就是胡适。

　　1945年，胡适为江苏溧阳新安同乡会题写了"我们是徽骆驼"的条幅。1946年秋，他在南京又为徽州会馆题写了"努力做徽骆驼"的激励之词。因为胡适的宣传，"徽骆驼"作为徽州人的象征，其知名度和美誉度与日俱增，但凡旅居在外的徽州人，无不以自己是"徽骆驼"而倍感荣光和自豪。

　　"徽骆驼精神"，骨子里是徽州人民代代相传的不畏艰难、吃苦耐劳、自立自强的精神。正是凭着这种精神，徽州人走出狭隘贫困的大山，足迹遍布全国，形成中国历史上著名的商帮——徽商，创造了"无徽不成镇"的商业史话。

　　如果说胡适提出的"徽骆驼精神"是对至今仍在弘扬的徽州文化的精髓总结，那么，安徽省委曾经提炼的"黄山松精神"则是对整个安徽文化的高度概括。

　　正是黄山的千山万壑、松涛云海，培育了许多杰出的画家。有籍可据的，最早画黄山的画家是宋代的马远，据传他到过黄山以后，便将以前的山水画付之一炬，决心以黄山为师。有专家论证,马远的后期山水构图峭拔险峻,线条豪放有力,多以"大劈斧"皴染,给人雄峻挺拔之感,可能就是受了黄山峰峦的启发。他的代表作《踏歌图》和《月下独酌图》,前者描绘江南农家丰收之乐,后者表现李白醉酒之态,画面上均以奇峰插天、云烟缭绕的黄山诸峰作为背景。

到了清代,著名的"新安画派"在黄山崛起,渐江、查士标、雪庄、石涛等皆为一代宗师。渐江的六十帧《黄山图》,雪庄的四十二幅《黄山图》,不仅是黄山画中的极品,也代表着当时画坛的最高成就。至于近现代的大师黄宾虹、张大千、潘天寿等人,也都到过黄山,画过黄山。

从1918年到1988年,刘海粟从23岁到93岁,70年间,十上黄山写生。"昔日黄山是我师,今日我是黄山友。"这是刘海粟六上黄山之后所写的诗句。

如果没有天下奇绝的黄山,黄山松就无所依附;如果没有黄山松,黄山就少了一分气韵和灵动。

为了保护迎客松,黄山风景区从1980年起,专门设置守松人岗位,24小时专人守护。

因为,黄山的迎客松,不仅仅是安徽旅游的象征,也是中国人精神的象征。

"黄山松精神",是顽强奋进的安徽精神,更是历久弥新的民族精神，一种与时俱进的时代精神。

迎客松是一棵树，也是一个关于黄山的故事，一个关于中国的故事，一个关于自然与人类、历史与现实、传统与现代、本土与世界的故事。

北京人民大会堂中的那幅铁画《迎客松》，描绘的就是黄山的这棵松树。它就像双臂伸开迎接客人的好客主人，是中国人民热情友好的象征。

迎客松不仅是一棵树，而且是一种文化。它体现了中华民族热爱自然、敬畏自然、与自然和谐相处的传统美德，体现了中华民族开放包容、友善待人、广结四海之友的民族风范，体现了中华民族坚韧不拔、自强不息、永不言败的民族精神。它是一棵活着的文物，一座活着的丰碑。

迎客松是黄山之灵魂，也是中华之象征。它见证了中国历史的变迁和社会的进步，也见证了中国人民的奋斗和创造。它用自己的姿态和气质，呈现着一个古老而年轻、沉着而热情、传统而开放的国度。它用自己的生命和精神，激励着一代又一代中华儿女，在实现中华民族伟大复兴的道路上不断前进。

好山,好水,好人

行走于中国的版图,处处可以领略名山大川的壮丽之美,时时可以感受到中华文化的博大精深和中华文明的源远流长。

好山好水,优秀的传统文化,在中华文明史上一路相伴,须臾没有分离。

正因为如此,从2008年5月起,中央文明办组织开展网上"我推荐、我评议身边好人"活动,至今已发布"中国好人"16228名。这些"中国好人"来自普通人民群众,他们在本职岗位上恪尽职守、一丝不苟、兢兢业业,做出了不平凡的贡献,成为亿万人民群众中的杰出代表。

截至2023年年底,安徽省共有1697人被评选为"中国好人",连续14年位居全国第一,各级各类"好人"累计超百万,遍布各行各业,构成令人赞叹的"安徽现象"。

世人皆知,安徽有好山好水,为何"中国好人"安徽多?

这事还得从安徽的"先天气质"说起。

安徽地跨南北,中国南北地理分界线标志矗立在淮河畔。

安徽历史悠久、人文荟萃，淮河文化、徽文化等地域文化彰显徽风皖韵。淮河岸边诞生过老子、庄子等先哲，皖南的新安江则走出了"贾而好儒"，秉承着吃苦、开拓、诚信、崇文精神的徽商，形成了和好山好水密不可分的徽文化。

源浚者流长，根深者叶茂。文化塑造着人。

闪耀淮河"人水斗争史"的"王家坝精神"，体现了安徽人舍小家为大家的大局意识，凝聚了深沉的集体情怀和对他人的真切关爱。小岗村以"大包干"开篇，始终与改革同命运、与时代共进步，"改革创新，敢为人先"的"小岗精神"，滋养了千万江淮儿女的心灵。

皖南和皖北，风貌人情迥然不同，文化交相辉映，却拥有同一个价值底座——笃实厚道、坚韧执着。

安徽人能拼能扛能吃苦，路见不平一声吼……其得益于深厚的文化基因，江淮大地好人辈出。

"先天气质"固然重要，"后天涵育"同样不可或缺。

2023年11月初，在安徽合肥举办的一场全国职工宣讲比赛上，来自国家电网安徽电力公司宿州供电公司的廖志斌讲述了他和他师父许启金之间的故事。许启金是一名全国劳动模范，现在，廖志斌自己也成了一名全国劳动模范。"师徒双劳模"的故事感动了在场的每一个人，廖志斌也因为这样的宣讲而获得当次比赛一等奖。

其实,许启金还有一个身份,那就是"中国好人"。廖志斌也有一个类似的身份——"安徽好人"。廖志斌为何追随师父许启金如此之紧?用廖志斌自己的话说,这就是"身边榜样的力量"。

2003年,廖志斌经过入职培训回到单位,恰好分在许启金那个班组。他经常看到师父在去巡线的路上拿出小纸条看,原来师父是在见缝插针地学习线路知识。

"小廖,人可以没有文凭,但不能没有知识和技能,更不能没有理想和追求。"师父拍着廖志斌的肩膀说的这句话就像一颗螺丝拧在他的心里。"我暗下决心,一定要像师父那样专心专注做好工作,实现自我价值。"廖志斌说。

在安徽省文明办相关负责人看来,廖志斌的故事在某种程度上反映了安徽有着丰沃的"好人"土壤:"身边好人是有形的正能量,是鲜活的价值观。一名好人就是一粒火种,一位榜样就是一面旗帜。点亮一盏灯,就会照亮一大片。"

"爱出者爱返,福往者福来。"好人有好报,或许不一定会马上实现,但善良的人终归会得到"奖励"。

奖励善行、扶持创业、关爱生活……安徽在全国率先设立道德建设基金,每年安排专项资金帮扶慰问困难好人、模范。截至目前,已安排慰问道德模范和身边好人专项资金1300多万元,受惠的好人、模范有1000多人。

此外，安徽省文明办会同安徽省信用联社、安徽省担保集团等有关部门实施"道德信贷"工程，"以道德做担保，以诚信做抵押"，把好人帮扶、道德弘扬、诚信培育有机结合，帮助道德模范和身边好人改善生产生活条件，实现社会效益、经济效益双丰收。

安徽省信用联社为此还推出"金农·道德贷"信贷产品，对县级以上道德模范和身边好人，按县、市、省三个等级，分别给予其本人一定数额的免抵押免担保贷款授信。同时，对他们开办企业给予优惠利率，帮助他们发展生产、发家致富。

截至目前，安徽共发放"道德信贷"超过12亿元，没有出现一笔坏账，6000多位身边好人因此受惠。

在位于合肥老城区中心地带的安徽博物院老馆西侧，有一栋端庄朴素的建筑，那是全国首家省级好人馆——安徽好人馆。走进馆中，扑面而来的就是一面由安徽籍全国道德模范和"中国好人"组成的LED（发光二极管）"笑脸墙"。

安徽好人馆自开馆以来，已有50多万参观人次。现在，安徽已经建成了省、市、县三级好人馆，43个好人馆全景展示身边好人的先进事迹。

"从奖励善行、扶持创业、关爱生活等各个层面，让德者有所得、好人有好报,激发社会大众向榜样看齐,争做崇高道德的践行者、文明风尚的维护者、美好生活的创造者。"安徽省文明办相关负责人说。

2023年9月,一张印满道德模范、身边好人的海报出现在合肥地铁3号线的一节车厢上。车身蓝色与红色交映,显得非常温馨。这是合肥首次专设好人、模范主题的地铁专列,为的是让好人、模范成名人,成为城市流动的风景线。

遍布城乡的"好人公交",处处可见的善行义举榜,郁郁葱葱的"好人林",积聚力量的"好人驿站"……身边"好人盆景"渐成"道德风景",道德模范、身边好人俨然成为社会名人、基层红人。

"中国好人安徽多"品牌越擦越亮,见贤思齐在江淮大地蔚然成风,已成为安徽精神文明建设最温暖、最亮丽的标识。

那个忘不掉的晚上和
石破天惊的决定

崇德向善的种子需要沃土。

一名好人就是一粒火种,一位榜样就是一面旗帜。点亮一盏灯,就会照亮一大片。光明之下,则会涵养更深厚的沃土。

这就是中国式的"道德版"双向奔赴。

正是在这样的沃土上，诞生了像胡晓春、李培生这样的"中国好人"。也正是因为有了这样的沃土，"好人盆景"正成长为"道德风景"。

沃土之上，胡晓春、李培生们继续迎风成长。

2023年，胡晓春当选为第十四届全国人大代表，李培生当选为安徽省第十三届人大代表。

2023年，胡晓春首次登上中国"最高议政台"，就生态环境补偿提出建议，希望国家在黄山自然资源、新安江流域生态补偿上有更大力度。

2024年，胡晓春结合自身工作实际，在全国两会上提出在黄山建立山岳型景区以水灭火示范点、黄山松保护等相关建议。

为何念兹在兹地牵挂和关注着生态建设？

这是胡晓春和李培生两个人的秘密。

2022年3月，黄山市休宁县发现一例新型冠状病毒感染病人，按照当时的防疫政策，要进行严格管控。

"外地的游客因为疫情无法到黄山来，本地人也不能上山。"那段时间，看惯了黄山上尤其是迎客松下游客摩肩接踵热闹场景的胡晓春看着空空荡荡的黄山怅然若失。他清楚地记得,游客最少的一天,整座山只有一名游客,而风景区的服务系统必须正常运转。"我们戏称'一个人承包了一座山'。"至今回忆起来,胡晓春的脸上依然是苦涩的笑容。

还是在疫情期间,一天,山上只有两名游客,一人从后山上山,另一人从前山正大门登山,山上的工作人员通过监控密切监视两个人的路线。"主要是防止游客迷路,因为游客多的时候,对路线不熟悉的人可以跟着其他游客游览,一般不会迷路掉队。"胡晓春忽然自己笑了起来,"当时,我们存着一份期待,就是想看看两个从不同入口上山的人会不会在山上相遇,我们希望看到'一座山,两个人的世纪相遇'。"

在那段时间,山上几乎没有游客,但工作人员也不能下山回家。于是,黄山风景区管委会便组织职工学习。胡晓春和李培生所在的迎客松支部组织大家学习的内容是"两山理论"。

2005年8月15日,时任中共浙江省委书记的习近平同志在浙江安吉余村考察时,面对当地政府和百姓"是要眼前物质收益还是长远综合利益"的困惑,提出了"绿水青山就是金山银山"的科学论断。

"在黄山风景区管委会,保留着一张2005年习近平同志在黄山考察的照片。"胡晓春经常把习近平同志考察安吉余村和黄山的照片联系起来看，他想，余村是"两山理论"的发源地，而黄山的开发和保护践行的正是"两山理论"。安吉和黄山相距不远，山水相似，其中是否有着某种共通之处？

1982年11月，经国务院批准，黄山与其他43家风景名胜区一道被列为第一批国家重点风景名胜区，之后又以唯一的山岳风光入选"中国十大风景名胜"。

在此之前，1979年，改革开放总设计师邓小平同志在登临黄山时曾语重心长地告诫："要治山……要有些办法，禁止破坏山林。"之后，黄山风景区投入巨资，实现燃料结构从烧柴、烧煤、烧油到烧气、烧电的转变，从源头上控制了污染源。与此同时，安徽省政府发布《关于加强黄山风景区保护管理的布告》等规定，对迎客松开始实行24小时全天候专人守护管理措施，设立园林管理局、规划土地处等机构，专职负责黄山生态保护与规划管理工作。

20世纪80年代末至21世纪初，《黄山风景名胜区总体规划》和《黄山风景名胜区管理条例》先后实施，黄山相继出台了关于森林植物检疫、定点吸烟、污水处理和饮用水源保护等规范性文件，大力实施森林防火、松材线虫病防控、环境保护及景点封闭轮休保护等一系列措施，景区保护管理迈上了新台阶。

之后,黄山结合实际,以《黄山风景名胜区管理条例》等为总纲,先后编制完成《生态环境保护规划》《森林防火规划》《林地保护利用规划》等一系列适应黄山生态保护管理工作的保护规划和规章制度,编制了古树名木保护复壮、景点封闭轮休等一系列省级地方标准,形成了较为完善、操作性较强的保护管理制度体系。

党的十八大以来,黄山深入学习贯彻习近平生态文明思想,大力实施森林资源、生态环境和生物多样性保护工程,建成林火自动监测报警系统、景区生态环境观测站、生物多样性与生态环境监测研究基地,实施《黄山风景区生物多样性保护行动计划(2018—2030年)》,修编污水工程专业规划、环境卫生规划,与毗邻的黄山区建立"1+8"协作联动工作机制,实现从单一保护向系统保护转变。

自1986年专门的防火机构成立以来,黄山实行"三全"(全山联动、全山警戒、全员防火)防火机制,已建立150余人的森林防火队伍、总长24.7公里的高山防火水网、13处红外线林火自动报警系统、外围2200余亩生物防火林带和完善的防灭火制度体系,形成"空中+地面+地下"的立体防火格局。黄山坚持防控并举,连续43年无森林火灾。

40多年来,黄山强化治污减排,实行"净菜、净物上山""洗涤、垃圾下山",开展污水治理和垃圾处理,制定卫生保洁标准,组建近200人的环卫队伍,景点、游步道实行全天候保洁,做到垃圾日产日清。将松材线虫病防治作为"一号工程",坚持系统治理、源头防控、综合施策,全力打好黄山松保卫战。

建立"日常守护、定期监测、专家咨询、应急应对、科学管护"保护体系,形成"一树一策""一树一册"保护理念,组建古树名木保护专家组,成功修复"梦笔生花"生态景观;与高校和科研院所合作开展迎客松倒一枝弹性支撑杆升级、重点古树名木防断裂倒伏风险性评估、黄山松空洞无损探测及腐朽防治研究、迎客松3D数字化建模等保护项目,自主研发的古树名木支撑杆获3项国家专利,维护了黄山生态资源的原真性、完整性。

但我们在翻阅《黄山大事记》后发现,即便黄山风景区的开发保护已经成了山岳景区的标杆,历史上仍然有些我们应该记住的大事:

1972年12月8日中午,芜湖游客王某在天都峰游玩时,乱丢烟蒂燃着枯草引发特大火灾。经在山职工和附近农民约700人奋力扑救,至次日上午9时扑灭大火。其间,周恩来总理电话指示一定要保护好迎客松。此次火灾烧毁山林面积400余亩、大小松树4000余棵,被烧毁的黄山杜鹃及其他灌木数量无法统计。

1975年12月上旬，黄山连续出现雨雪雾等恶劣天气，迎客松树枝上挂满冰凌，大枝下垂50多厘米。黄山管理处为迎客松搭建一座高16米、长8米、宽4.5米的支撑架，终使"国宝"转危为安。

1977年3月5日中午，黄山公社黄山大队学生程某烧烤食物用火不慎，走火烧山，火迅速蔓延到马鞍山。经400多名在山群众2个多小时奋力扑救，火被扑灭。大火烧毁山地近百亩，烧毁灌木3000余株。

1979年10月22日，黄山眉毛峰发生森林火灾。次日深夜，原火场死灰复燃，眉毛峰再起大火。两次大火共毁林31亩。

1981年4月29日，安徽冶金地质局三三二队高某用刀刮去迎客松皮94平方厘米，高某被处以行政拘留5天、罚款20元。5月28日，时任安徽省副省长李清泉做出批示，要求切实加强名松古树的保护工作。

1981年11月12日，歙县农民凌某用铁头担柱砸捣迎客松树干三处，伤皮21厘米，深达6毫米。经专家会诊鉴定，这对迎客松生长有一定影响。歙县人民法院依法对肇事者判处有期徒刑6个月。

1981年11月，改道途经迎客松的登山道路。

1984年1月15日，黄山连降暴雪，迎客松厚雪压顶，枝干下垂50余厘米。17日至19日，组织人员搭设支撑木架，使其转危为安。

1987年9月12日,安徽省机构编制委员会同意黄山风景区成立森林防火队。12月,从周边地区招收首批农民合同工35名,护林防火专业队正式组建。

1987年10月,始信峰封闭轮休。这是黄山首次采取封闭轮休措施。1989年5月1日,始信峰重新对游人开放,并实行单独管理,利用经济手段调节客流量。

1988年2月下旬,黄山遭遇冻雨天气,全山5000余株树木折断。

1992年7月,始信峰峰顶名松聚音松死亡。

1994年1月31日下午3时40分,玉屏楼发生火灾,所幸未伤及迎客松。

1994年11月,天都峰进入首轮封闭轮休期。1996年,天都峰重新对外开放,并实行单独管理。

1998年1月7日夜,迎客松遭强暴风袭击,一侧枝折断。

2001年9月29日,安徽省第九届人民代表大会常务委员会第三十二次会议通过《关于进一步做好黄山风景名胜区保护管理工作的决议》。

2003年9月27日,景区全面实行室外禁烟制度。山上划定10个吸烟区,明确主管单位和责任人,其余景点和游步道全面实行室外禁烟,这是景区森林防火工作的又一新举措。

2004年3月25日至26日，成功移植黄山松于笔峰峰顶，再现"梦笔生花"奇景，长达19年的塑料松替身①历史结束。该树高175厘米，基径11.8厘米，树冠234厘米×228厘米，树龄约50年。

2005年8月2日，景区发现送客松生长异常，部分两年生针叶枯萎。8月11日至15日，制定并实施第一次抢救方案。12月22日，经丛生等6名专家现场检测和鉴定，送客松主干及枝条已全部枯死，建议进行伐除。12月25日，将送客松伐除。

2006年4月2日，历时3个多月的迎客松新型支撑架工程竣工。新型支撑架在美学观赏、建筑工艺和支撑作用上都有新突破，伴随迎客松长达22年的老支撑架宣告"退役"。

2008年1月13日至2月上旬，黄山遭遇特大冰雪灾害。迎客松倒一枝最大下垂幅度超过100厘米，为1974年以来最大值。此次特大雪灾共造成景区倒伏、翻桩松树、灌木等2535株，倒伏、爆裂毛竹19300根。2月上旬，景区启动雪灾后林相恢复和环境整治工作，清理周期持续近8个月。同年1月27日至29日，迎客松应急保护现场办公会和管委会防雪抗灾指挥部会议在玉屏楼召开。会议制定了"主要领导牵头、

---

① 1982年10月，北海奇景"梦笔生花"之扰龙松枯死。1985年4月底，设计制作塑料制品"扰龙松"安装于笔峰峰顶。

分片包干、坐镇指挥"和"一树一批人，一树一对策"古树名木抗雪保护方案。

2010年12月12日夜，18名上海大学生在黄山风景区未开发区域探险时迷路。省、市、管委会领导高度重视，立即组织230余人紧急搜救。13日凌晨2时37分搜救到18名探险的大学生，并于上午10时06分全部安全送出山。在搜救过程中（13日凌晨3时26分），温泉派出所民警张宁海不幸坠崖牺牲。省委组织部、省民政厅分别追认张宁海同志为中共党员、革命烈士，共青团安徽省委、省青年联合会追授张宁海同志"安徽青年五四奖章"。

2012年8月7日18时至11日16时，11号台风"海葵"持续影响景区，为20年不遇。景区绝大部分区域持续降水量超过历史峰值……8日出现9到10级大风，局部地区最大风力达12级……此次台风造成直接经济损失8872万元，间接损失1500多万元。

2013年7月至8月，玉屏楼附近黄山松出现小蠹虫蛀梢危害，虫害木距离迎客松仅18米。景区及时采取措施，喷洒无公害药剂，成功控制虫害，确保迎客松安全。同年11月16日，黑虎松专人守护工作正式开展，黑虎松成为继迎客松之后的第二株被纳入特级管护范围的重点古树名木，实行24小时守护。

......

梳理以上记载,我们注意到:一、以1980年设专人守护迎客松为转折点,此前游客和附近村民对黄山防火和古树名木保护意识很淡薄,此后发生在迎客松身上的伤害全部为不可抗拒的自然灾害和虫害,再无人为伤害,而且保护措施越来越精细。二、以2001年《关于进一步做好黄山风景名胜区保护管理工作的决议》的出台为转折点,黄山风景区的管理越来越精细、科学。三、黄山风景区的管理有一个逐步推进的过程,先是迎客松的专人守护,取得成功经验后再延及黑虎松。

之所以得出以上结论,是因为在《黄山大事记》中我们还查到了这样一条记录:

2012年9月21日,在葡萄牙召开的第11届欧洲地质公园大会上,经世界地质公园网络执行局专家集体讨论和投票,黄山世界地质公园顺利通过第二次发展评估。联合国教科文组织在关于黄山世界地质公园第二次评估工作的确认函中写道:"黄山世界地质公园是中国也是世界独有的自然文化宝库。自第一次评估的四年来,黄山世界地质公园以其极大的工作热忱已然成为一个积极的典范。你们在地质遗迹保护、文化宣扬、对地区农民及人口的可持续发展方面有着长足的进步。你们公园在国家及地区旅游方面迈出了极大的一步。"

科学、绿色、环保、可持续发展……在阅读这段文字时,我们能感受到黄山人扑面而来的喜悦。

相信,在黄山工作10多年,并且把黄山当家、把迎客松当家人的胡晓春,还有把黄山当家、把净化黄山当成使命的李培生,也为黄山在科学保护、人文关怀、环境优化方面取得的成绩而自豪。

事实的确如此。近年来,黄山风景区先后实行全山室外禁烟、定点吸烟、禁燃禁放,建立森林防火"三全"机制,实施提水上山、分区供水工程,创全国景区提水扬程之最(741米)。在全国山岳型景区率先建成高山防火水网,全山管网总长达24.7千米,每100米设置一个消防栓,共设消防栓165个,北海、西海、天海、玉屏等核心景区主要景点和游步道基本实现全覆盖。

实行净物上山、洗涤下山,污水统管、达标排放,成功创建ISO14000国家示范区、国家低碳旅游示范区、国家生态旅游示范区;建立古树名木保护档案,"一树一策",实行分级管理、挂牌保护。对迎客松、黑虎松实行专人守护、跟踪监测;建立森林健康首席专家制度,定期对古树名木进行健康体检,实施复壮保护措施;编制迎客松保护年度报告;首创景点封闭轮休制度,成功移植"扰龙松",再现"梦笔生花"独特景观;实施统一换乘,外迁设施,整治环境,在全国山岳型景区率先开展PM$_{2.5}$监测并保持常态发布;修缮慈光阁、松谷庵、观瀑楼等古建筑,全面普查、出新摩崖石刻,建立黄山文化碑廊⋯⋯

今天,当我们和黄山的守护者们对谈时,他们中的每一个人都能对上述内容如数家珍,并且语气中充满自豪。但我们知道,这纷繁复杂的工作背后,倾注了多少黄山守护者的心血,有着多少久久为功的付出和汗水。

所以,在疫情期间学习"两山理论"时,胡晓春心里隐约有个想法:把黄山的经验和好的做法推出去,让更多的人知道。

至于如何推广,胡晓春尚无半点头绪,毕竟,他的职责是森林防火,他的岗位在迎客松下。

一直到2022年6月的一个晚上,山上万籁俱寂,李培生经过胡晓春的办公室,顺便进去坐坐。

胡晓春把自己的想法和李培生做了交流,在多年的工作相处中,他们已经熟知对方的性格和

胡晓春(左)和李培生(右) 侯晏 摄

为人。

"要不,咱们给领导写信报告一下咱们的做法?"

"信写给谁呢?"

两人陷入了长时间的沉默。夜晚的黄山之巅,星光点点,松涛阵阵,山上静得呀,两个人能听到自己的心跳。

"要不,咱们给总书记写信?"胡晓春喃喃说出这句话,然后,他被自己的想法惊呆了。

"啊!"李培生同样被这个念头惊得目瞪口呆。

更长时间的沉默……窗外,迎客松"不响",陪着他们两人静静地站着……

"也许可以呢!咱们做的工作和总书记提出的'两山理论'是吻合的,写信报告一下工作,应该不是错误吧?"一向不善言辞的李培生劝慰起胡晓春来。

"那,咱就试试?"

两人约定:这是只属于他们两个人的秘密,对谁,包括家人,都绝对不能讲!

6月12日上午,李培生不当班,胡晓春把他约到迎客松下那间约10平方米的办公室里。"我坐在桌边写,李培生坐在茶几上想,先后写了七八遍,还是觉得不满意。"

"咱们报告黄山的森林防火吧?"

"再加上古树名木保护吧?"

"还得加上迎客松的特殊保护。"

"咱们邀请总书记来黄山看看呗！"

……

2个小时过去了，他们终于把信写好，约定轮休时由胡晓春把信寄出去。

那个秘密，只有迎客松做证。

信寄出去后，两个人如常工作。"总书记那么忙，能不能看到咱们的信都难说，就当没有这事吧。"

日子一天天过去，胡晓春依旧守护着迎客松，李培生照旧扛着绳索在悬崖上"飞"来"飞"去。

他们甚至忘记了这件事。

一石激起千层浪

总书记给黄山两名"中国好人"回信的新闻被报道后，全国各地掀起了学习热潮，围绕着回信中"争做社会的好公民、单位的好员工、家庭的好成员"，很多单位组织了深入的讨论。

而置身于聚光灯下的胡晓春和李培生，也克服自身的腼腆和内向,一次次到机关、企业、学校、乡村,分享他们普通又不太为人所知的工作,交流自己的学习体会。

截至2023年底,胡晓春和李培生已经应邀义务做各类报告200多次,每一次,他们都会说到一句话:"我们都是收信人。"

那是他们内心最真实、最真切的感受。

尊敬的李培生、胡晓春伯伯:

你们好!我们是合肥市安庆路第三小学三(1)中队的少先队员。今日,学校组织我们开展了以"坚守"为主题的班会活动,班会上,我们观看了两位伯伯的事迹报道,我们深深地被你们的敬业奉献精神所感动。视频中,有许多生动的画面深刻地印在了我们的脑海中。如李培生伯伯为了保护黄山悬崖风景的洁净,勇敢地"飞檐走壁",捡拾那些被游客丢弃或是被风刮到山崖下的矿泉水瓶、餐巾纸等垃圾;又比如,胡晓春伯伯日复一日地呵护着千年迎客松,写下了70万字的①《迎客松日记》。我们想对你们说,你们真的太牛了!你们一动一静,守护着安徽的名片——黄山。你们一个常年在悬崖上穿梭,一个

---

① 《迎客松日记》实际已记录140余万字。——作者注

在迎客松下坚守,我们真切地感受到了你们的朴实无华和无私奉献。

习爷爷说,你们在平凡的工作中做出了不平凡的业绩,强调要积极传播真善美、传递正能量,带动更多身边人向上向善,弘扬社会主义核心价值观。通过你们的故事,我们真正明白了"奉献""敬业"的意义。

作为少先队员的我们,将继续认真学习你们的奉献精神,向你们这样的榜样学习,向身边的榜样学习,从身边的小事做起,努力向上向善,争做新时代的好少年!

此致

敬礼!

合肥市安庆路第三小学三(1)中队

2022年9月9日

在黄山之巅,当两人展读这封话语尚显稚嫩但感情诚挚的来信时,他们的眼睛有了湿润的感觉,"孩子的心多纯净啊,就像黄山上的空气一样。能够给孩子们带来一点动力,值了"。

两人再次商量,决定借来红领巾,分别站在迎客松下,用视频的方式给孩子们"回信"。

"孩子们,感谢你们的来信。收到习近平总书记回信的这份光荣,不只是属于我们个人,更属于所有为实现中华民族伟大复兴奉献自己光和热的平凡人。在生活中,你们也可以跟我一样做一个爱护环境的人,在小区、学校等公共场所不乱扔垃圾,做好垃圾分类,相信我们的行动定会让安徽更美丽。"那一天,李培生特意放慢语速,他想让孩子们听明白他的话,也想让孩子们仔细地看看黄山,看看迎客松。

"我是一名共产党员,做的都是我应该做的事,如果能够给你们的学习和成长带来帮助,我非常高兴。愿你们与我一道大力弘扬社会主义核心价值观,为实现中华民族伟大复兴奉献自己的光和热。"录制视频时,胡晓春口气里满含柔情,"我不仅是和你们这些可爱的少先队员对话,也是和我自己的女儿对话,你们是一样的年纪,一样的可爱。"

"好人"有着榜样的力量。"好人"就是一束光,会汇聚另一束光,甚至更多的光,就像前行的路上,一只胳膊挽起另一只胳膊,正向的能量就会传递,就会传承。

迎着光,成为光。不仅在安徽,在整个中华大地上,学习习近平总书记给"中国好人"回信精神,争做社会的好公民、单位的好员工、家庭的好成员已经蔚然成风。

在福建:

"总书记的回信令我欢欣鼓舞,倍感振奋!""中国好人"、福建宁德市汽车运输集团有限公司福安客运分公司退休员工陆韦激动地说道。年逾花甲的老陆,从10多年前第一次救起一名溺水者起,便自告奋勇担当起"义务救生员",被群众亲热地称为富春溪"守护神",成为人们心目中的平民英雄。陆韦表示:"今后仍会继续发挥余热,参与溺水救援。同时,带动更多力量参与其中,为群众提供更多安全保障,维护群众的生命财产安全,弘扬社会正气,传递社会正能量!"

同样身为"中国好人",30余载矢志不渝行善的邵武市同心阳光服务社社长伍夏云表示,看到习近平总书记给"中国好人"李培生、胡晓春的重要回信后,心情十分激动。作为"中国好人"的一员,她会在践行社会主义核心价值观、弘扬时代新风正气等方面做好表率,继续带动更多身边人向上向善,凝聚起更多正能量,引导更多的人加入志愿者队伍,让城市更有温度,让生活更加美好。

"总书记的重要回信,字里行间凝聚着对每一位身在平凡岗位上的劳动者的厚爱,激励和鞭策着我继续、持续用实际行动奉献社会。""中国好人"、厦门书香阳光文化传播有限公司总经理陈雅勤认真学习了习近平总书记的重要回信后说,自己将以总书记的回信为动力,继续以诚待人,以书为媒,传递书香,用心推广全民阅读,在孩子们心中播撒阅读种子;努力营造家庭阅读氛围,让每个家庭亲近阅读;

举办更丰富多彩的文化活动,丰富大家的文化生活,为厦门文化建设贡献自己的一份力量。

"中国好人"、莆田市涵江医院重症医学科副护士长陈黄冰说,自己虽然是一名平凡的劳动者,但自己的工作是不平凡的,因为它关乎群众的生命安全、家庭的幸福安康。"总书记在回信中指出,'中国好人'最可贵的地方就是在平凡工作中创造不平凡的业绩,这句话是对每一个平凡劳动者的莫大肯定。我将立足岗位、踏实工作,不断点亮涵江医护的文明名片,让文明之花开遍涵江大地。"

"总书记的重要回信,凝聚着对每一位平凡劳动者的关心、关爱与重视,我们的国家、我们的社会、我们的家庭都需要越来越多的'中国好人'。""中国好人"、厦门市公安局海沧分局交警大队事故预防处理中队中队长陈祺表示,他会在社会、在家庭中将"孝老爱亲"坚持到底,传承发扬优秀家风,用实际行动奉献社会、服务身边人,弘扬"中国好人"精神,力争引领身旁涌现更多的"中国好人"。

在浙江:

"诚信之星"、"中国好人"、建德市乾潭镇陵上新村卫生室乡村医生吴光潮因为一句承诺,给村里人看病一直只收1块钱的费用,坚持了50多年,被村民们亲切地称为"一元村医",并光荣地入选"诚信之星""中国好人"。"这些荣誉,对我是鼓励,更是动力。学习习近平总书记的重要回信精神后,我深有感触,有三点体会:第一,我还要继续干。虽然我77岁了,视力也不如从前,但是只要村民需要我,我还要继续干下去。第二,我还要继续干好。党和国家给了我这么多关心和支持,我一定会继续在岗位上发挥余热,时刻为病人着想,践行救死扶伤的初心和使命,不辜负老百姓对我的信任。第三,我还希望有人一起来干。我现在最大的心愿,就是能有更多年轻人、好医生来乡村扎根,守护乡村居民的健康。"吴光潮说。

"中国好人"、浙江省道德模范、国家电网浙江电力(杭州阿斌)红船共产党员服务队队长史文斌在学习习近平总书记的重要回信精神后说:"我感到很激动、很骄傲、很幸福。两位'中国好人'几十年如一日专心做事、潜心干事,在平凡中见精神,平凡中见伟大,让我们看到了强大的道德感召力和高尚的人格魅力。"

作为一名电力工人,史文斌始终把"人民电业为人民"的宗旨牢记于心,40年扎根基层、为民服务,在平凡的岗位上发挥自己的光和热。2004 年,公司成立"阿斌电力服务队",用17万余次抢修服务和9万余次志愿服务践行着初心使命。

史文斌说:"我们将牢记习近平总书记的嘱托,进一步发挥好模范带头作用,积极传播真善美、传递正能量,争做社会的好公民;践行好'你用电我用心'承诺,以爱心、细心、用心服务好电力用户,争做单位的好员工;弘扬好传统美德,倡导廉洁家风,敬老孝贤,关爱晚辈,争做家庭的好成员。"

"中国好人"、杭州市道德模范、浙江大洋生物科技集团股份有限公司研发中心主任王国平说:"通过认真学习习近平总书记的重要回信精神,我感受到全国上下对'中国好人'的礼遇和关爱,更进一步激发起我'争做社会的好公民、单位的好员工、家庭的好成员'的信念,踏踏实实做好每一件事,为实现中华民族伟大复兴奉献自己的光和热。"

1992年高中毕业后,王国平就进入大洋生物。30年间,大洋生物从一家乡镇小化工厂蜕变成浙西乃至全国的化工标杆型企业,他也从一名一线操作工成长为企业技术创新领头人。一路走来,工作环境再简陋,研发过程再艰辛,也没有让他产生退意,反而促使他心中萌发出强烈的念头:"我要让生产环境改善,要提高技术水平,我们工人要进步!"王国平说:"今后,我将用实际行动坚守科研报国的初心,以更加饱满的热情投入化工事业中,把工作岗位作为报效祖国和服务人民的舞台,为全力推动共同富裕、经济高质量发展贡献力量。"

"中国好人"、杭州市钱塘区河庄街道社区卫生服务中心主任高英表示,习近平总书记的重要回信,不仅是对两位"中国好人"的鼓励,也是对全体基层工作者的鼓励和对所有在平凡工作中创造不平凡业绩的普通劳动者的殷切期望。"通过深入学习回信精神,我感受到习近平总书记始终惦记着我们基层工作者,自始至终关心着群众生活,我的内心倍感激动且受到了极大鼓舞!我在基层卫生服务13个年头,以身作则,带领全体医护人员,不断开拓发展,为群众提供优质的医疗服务。疫情大考面前,我们全体医护人员带头守护防疫门,严守安全关,不辞辛苦,任劳任怨。我们将牢记习近平总书记的嘱托,进一步弘扬敬业奉献精神,向上向善,在平凡工作中创造不平凡的业绩,奋力谱写基层卫生健康事业高质量发展新篇章。"

在江苏:

江阴市"中国好人"蒋士凡退而不休,发挥余热,10多年间先后帮教全国各地失足青少年200多人。年过八旬的他,至今依然在积极开展青少年法治教育宣传活动。"通过学习习近平总书记的回信,我受到极大鼓舞,心情非常激动。习近平总书记既肯定了'好人'群体的工作,又对'好人'寄予了厚望。关爱未成年人就是关心祖国的未来,我在今后的工作中要只争朝夕,不负所望。"蒋士凡说。

　　"中国好人"孙伟贤18年间共计无偿献血132次,累计献血15.86万毫升。退休后他又成为一名无偿献血服务志愿者,引导更多市民参与无偿献血,用大爱延续更多的生命。孙伟贤说:"在以后的宣传服务中,我要牢记习近平总书记的嘱托,更加用心做好宣传服务,动员更多市民参与到无偿献血中来,为人民群众的生命安全提供充分的血液保障,为创建和谐社会做更大的贡献。"

　　12年来,江阴海澜卫士爱心志愿服务队积极参与捐资助困、敬老慰问、抢险救灾等志愿服务活动,2018年当选"中国好人"。爱心志愿服务队成员陈斌说,总书记的重要回信让他备受鼓舞,"习近平总书记温暖的回信将会激励全社会更多的人,在平凡的岗位上,做出不平凡的业绩。海澜卫士爱心志愿服务队80%都是退役军人,我们将秉持退役不退志、退伍不褪色的精神,始终保持为江阴人民多做贡献、给社会带来温暖、让世界变得更加美好的热情"。

　　"中国好人"刘文清,身残志坚、砥砺不屈,组建并带领一支"生命的力量"宣讲团,为江阴全市青少年学生健康成长注入正能量,为"强富美高"新江阴建设提供强大精气神。刘文清说:"做平凡的事情也能得到习近平总书记的关注,我感到非常荣幸。迄今为止,我已经开展了150多场宣讲,超6万人次受益。我会坚持下去,把正能量带给更多人。"

带动农村发展是初心,引领村民致富是使命。璜土镇璜土村党委书记、村委会主任钱俊贤用10余年将璜土村打造成社会主义新农村,并引领年青一代以十足的干劲投入新农村建设中来。钱俊贤说:"通过这封信,我受到了极大的鼓舞,我的初衷一直都是为人民服务,我会继续努力为老百姓服务好、发展好村集体经济,带动村民共同致富。"

在广东:

"总书记的回信让我深受鼓舞、倍感温暖。""中国好人"、深圳市爱心美术职业培训学校校长吴瑞周投身公益事业20年,帮助数百名残障人士学得一技之长,重拾自信人生。他表示,将不忘初心,把公益办学的路走下去,带动更多人关注特殊儿童的成长,帮助他们实现自我价值。

作为韶关市中心血站的一名医师,全国道德模范提名奖获得者李慧文32年间共计无偿献血430多次,累计17万毫升,所捐献的血液参与挽救了1000多名患者的生命。李慧文说:"我们应在做好本职工作的同时,积极参与社会慈善公益事业,尽己所能帮助更多需要帮助的人。"

"总书记的回信给了我深刻的启发。""中国好人"、清远市阳山县七拱镇隔坑村党总支书记陈燕红说,作为一名基层干部,要踏踏实实扎根农村,想群众之所想、急群众之所急。陈燕红表示:"今后我将继续发挥好榜样作用,用心用情用力为人民群众办实事、解难题,共同把家乡守护好、建设好,带领村民走上致富路,在推进乡村全面振兴中发光发热。"

"中国好人"、东莞市志愿者拓展服务总队副总队长王庆余认为,要把每一项平凡的工作做好,把身边每一件小事做好,努力在平凡的岗位上干出不平凡的业绩。"今后,我将以更饱满的热情做好新时代文明实践志愿服务工作,努力增强志愿服务的能力和专业技能,为东莞精神文明建设贡献自己的一份力量。"王庆余说。

多年来,"中国好人"、潮州市弘德寻失志愿者联合会会长陈顺民致力于无偿协寻走失人员,协寻总数千余宗,寻回率达96%,助力1000多个家庭团圆。他表示,将牢记总书记的殷殷嘱托,不忘初心、砥砺前行,带领志愿者们秉持"助爱回家、服务社会、传播文明"的服务宗旨,在做好公益寻失的同时,积极开展各项创文创卫活动,积极传播真善美、传递正能量,共同把潮州建设得更加美丽。

"我将尽最大努力,坚守为民服务初心,做守护社区和居民群众的暖心家人。"作为广州机关党员志愿者红棉暖心服务队队长,"中国好人"、广州市国资委法规处处长陈晓霞长期扎根基层社区,为失独、自闭、残障等特殊困难群体提供帮扶,影响带动1.33万人参与志愿服务,覆盖123个社区,惠及14.4万人次。她表示,将带领志愿团队打造红棉惠民品牌,传递社会的爱心和温暖,弘扬"奉献、友爱、互助、进步"的志愿服务精神,带动更多身边人向上向善。

"中国好人"、潮州市饶平县钱东中学团委副书记黄学宇表示,要在本职工作中更加敬业奉献、勤勉努力,团结带领全校师生组织开展各类志愿服务,积极投身创文创卫、防疫防汛等相关的公益服务项目,引导学生积极践行社会主义核心价值观,增强社会责任感,做社会主义事业建设者和接班人。

……

请原谅我们无法一一列举,因为,一股热潮已经暖遍了神州大地,也激励着正在前行的中国。

第三章
悬崖上的舞者

飞"岩"走壁的李培生，像一位侠客穿梭在悬崖峭壁，像一个舞者"翻飞"在奇峰山涧。

"看！悬崖上有个人，像位大侠在飞！"游客中有位小朋友惊呼。游客纷纷停下脚步，举起手中的手机，定格精彩又危险的瞬间。

守护黄山的
中国好人

Shouhu
Huang Shan
De
Zhongguo
Haoren

飞"岩"走壁

　　一顶安全帽、一捆登山绳、一身黄马甲……2022年10月8日一大早,李培生和搭档谢天星又要去放绳子了。

　　走到莲蕊峰"孔雀戏莲花"旁边,李培生一眼就看到活儿:"看,那里有个矿泉水瓶!"李培生眼里容不得垃圾,一双眼睛像雷达一样,一眼扫过去,就连悬崖边的树枝上挂着的火腿肠皮都被他看得清清楚楚,任何垃圾都无处遁形。

　　前一夜风大,矿泉水瓶肯定是被大风从垃圾桶里吹下去的。现如今,山上已经很少有游客乱扔垃圾。躺在悬崖上的矿泉水瓶格外刺眼,旁边的杂草中还有一些花花绿绿的食品包装袋,像粘在美女唇边的饭粒子,令人既不忍直视,又特想伸手帮其抹去。

　　两人默契地对视一眼,各自手上已经开始行动了。谢天星熟练地使用着专业八字扣,将绳索系在悬崖上的一个铁环上,李培生用力将绳索甩至悬崖上的矿泉水瓶附近。

　　扣上保护扣,翻过护栏,脚蹬悬崖岩石,李培生右手把住升降器,左手不断用力抽拉着绳索,轻盈地沿着崖壁向下

飞"岩"走壁的李培生　范柏文　摄

滑去……每滑到一处，他就用手牢牢抓住岩体凸起的部分，不断变换身姿来保持身体的平衡。他滑到杂草处，娴熟地从中捡起矿泉水瓶和其他细小的垃圾，放到随身的红袋子里。

飞"岩"走壁的李培生，像一位侠客穿梭在悬崖峭壁，像一个舞者"翻飞"在奇峰山涧。

"看！悬崖上有个人，像位大侠在飞！"游客中有位小朋友惊呼。游客纷纷停下脚步，举起手中的手机，定格精彩又危险的瞬间。

"右边三四米，那里还有一个口罩。"谢天星在上面喊。谢天星在上面遥控着，时刻关注着李培生的一举一动。一阵风刮来，李培生双手握紧绳子，双脚踏牢岩壁，既避过风头，又趁机歇了口气。山风过后，李培生定了定心神，向右边小心翼翼地移动着，沿途所有垃圾都被他一一收入袋中。清理完垃圾后，他再慢慢脚蹬手拉地从山崖下上来。等翻进护栏后,李培生喘着粗气,额头满是细细的汗珠。

不远处,一块巧石似一只美丽的孔雀,默默地注视着两人的一言一行。

稍事休息后,缓过来劲儿的李培生自嘲说:"岁月不饶人,老将出马也有点喘啊!"谢天星跟着笑了,安慰他说:"23年了,能保持这个状态不容易,李培生放绳子也成黄山一景了。"

在黄山,放绳工一般两人一组,一个在上面拽住绳索,一个系着缆绳下去捡拾垃圾。李培生和谢天星是多年的搭档,一个眼神,对方马上心领神会。

放绳工是景区环卫的一个特殊工种,不仅耗费体力,而且需要胆识和技术,是对体力和心理素质的双重考验。

1999年初,黄山风景区要正式组建专业的外围放绳工队伍,一开始大家都有畏难情绪,报名者寥寥无几。毕竟,以前从来没干过这样的事,只有几个人从电影里看过。

初生牛犊不怕虎。一向手脚勤快的李培生心想:再难的工作总得有人干,不去试一试,怎么知道自己就不行呢?

李培生报了名,上了专业培训班。一些人打趣他:黄山本地人爬上悬崖都腿软,你一个河边长大的"水鸭子"不害怕吗?还有一些人质疑他:想干和干好是两码事,悬崖上可

"悬崖上的舞者"李培生   黄山风景区管委会   提供

不是闹着玩的,一滑下去命可都没有了……

不管别人说什么,李培生总是憨憨地笑着。他暗暗下决心一定要干好,不管多么困难,都不能认怂服输。

刀在石上磨,人在苦中练。一次又一次的刻苦训练,一次又一次的模拟培训,李培生全身心地扑在上面,如期通过了专业培训考核。

第一次放绳子作业,他一辈子都忘不了。那天,原本信心满满的他一站到悬崖边上,真正的恐惧就在心里弥漫开来,眼睛都不敢往下看。

那是垂直落差50多米的悬崖,有十几层楼那么高。山风在耳边呼啸,心里像猫抓一样难受。李培生大气不敢出,嘴里念叨着:"深呼吸,深呼吸……"

他一边不停地给自己打气,做心理建设,一边颤颤巍巍地翻过栏杆,一咬牙、一跺脚,直直地滑溜下去,整个身子结结实实地撞在岩石上。虽然四肢僵硬,但是李培生没有慌乱,很快找到一个受力点,控制住自己的身体,慢慢地探到目标点,稳稳地"逮"到垃圾后装入袋中,最后才一点点用力地蹬上去。

没有人可以一步登天,也没有人天生会飞檐走壁。从某种意义上来说,只有掌握"失败学",才能真正获得"成功学"。

第一次虽不完美,但是顺利过关。自那以后,李培生积极参加放绳子作业,一次、两次、三次……逐渐熟能生巧,他开始得心应手。

外围放绳的作业环境不是悬崖峭壁,就是荆棘丛林,有时一脚踩空,就得被悬在半空中晃荡好半天。碰上大风,还会刮来一些小沙石,擦破皮、划伤手等是家常便饭。每当这个时候,李培生耳边总会响起《水手》的歌声:"……风雨中这点痛算什么,擦干泪,不要怕,至少我们还有梦……"

有一次,大雨后初晴,因崖壁附着浅浅的苔藓,李培生脚底打滑,一下子狠狠撞在岩石上,瞬间感觉全身骨头跟震碎了一样疼。"尽管全身都穿戴着防护用品,但那份疼痛久久不能散去。"李培生仍能回忆起来那种疼痛感。

有一次放绳子过程中,由于保护措施没有做到位,左手抽拉绳索时没有控制好,绳索一下子从手中滑出去,瞬间在李培生手掌上磨出一道深深的口子。

"当时能闻到皮肉被烧焦的味道,几乎见到骨头了,一瞬间手掌都麻木了,过了好大一会儿,才感觉到钻心的疼。"李培生仍心有余悸。

苦难是磨刀石,也是试金石。攀登山石,行走峭壁,李培生的专业技能通过量的累积有了质的飞跃,逐渐能在悬崖峭壁上闪转腾挪,如履平地。

翻越、攀爬,再翻越、再攀爬……23年来,李培生总计放绳长度1800多千米,相当于攀爬了200多次珠穆朗玛峰。

从业至今,他保持着零事故的纪录。

零事故不代表零风险。每一次放绳子前,放绳工先要检查绳子是否完好无损,时刻注意绳子是否有丝毫破损,一次下降不能超过12米,留心头顶可能滑落的石子和松枝……哪个环节都不能出现纰漏,只有做到万无一失,才能避免"一失万无"。

莲花峰附近有个平台,从那里荡下去,没有可以踩的受力点,双脚无处着力,只能靠手臂的力量拉扯着身体。山间风大,瞬间会"控制"绳索方向,万一岩角锋利的山石割断绳子,放绳工便有生命危险。

目睹放绳工冒着生命危险艰辛地捡拾垃圾,山上游客纷纷点赞,为他们喝彩、叫好。现如今他们放绳子捡垃圾,围观的人越来越多。"啧啧,了不起!""乖乖,真厉害!""我的天!""真不容易!"的惊叹声此起彼伏。有时,深受教育的游客大声呼喊宣告:"我们不能再乱扔垃圾啦!"等李培生捡完垃圾,翻回到栏杆里边后,经常有人为他鼓掌。这个时候,李培生还怪不好意思的呢。

在放绳子的过程中,李培生最担心刚刚把垃圾捡完后从悬崖下上来,又有游客往悬崖下丢垃圾,"立马又得下去一次,这样体力会跟不上"。李培生说,这样的事以前有过,近几年很少见，"从黄山上垃圾数量的减少，可以明显感受到游客素质的提升"。

这么多年在悬崖上飞檐走壁，李培生也遇到过令他寒心的事儿，尝过放绳工的心酸和无奈。

那是很多年前一个冬天的上午。他好不容易从山涧里爬上来，刚翻过护栏、解下装备，就被几名游客拦住。他们举着相机想拍他捡垃圾的照片，要求他再下去一趟。

当时李培生体力消耗很大，前边还有几处悬崖需放绳子作业，所以他就婉言拒绝了。没想到，一个中年游客故意当着他的面，将一次性雨衣扔到山涧中。

"你不就是个捡垃圾的吗？现在那里有垃圾了，你必须去捡上来，否则我们就投诉你。"该游客恶狠狠地说。

赤裸裸的霸凌！面对如此不讲理的游客，李培生没有跟他计较，强压着怒火再次穿上装备，将那个游客故意丢弃的雨衣从山涧中捡起来。

等从悬崖下上来，李培生整个人虚脱了似的，在护栏上坐了好久才缓过来。

心酸吗？心酸！委屈吗？委屈！但李培生说，既然选择了这份职业，就要承担这份职业的所有，不管是酸的甜的，还是苦的辣的，要照单全收。

"就像耍猴一样。"李培生回忆，还有一次当他被绳子吊在悬崖下时,几名游客站在栏杆前围观,嬉笑着将矿泉水瓶扔下去,大喊大叫着让他捡起来。

"这样的游客毕竟是极少数,平时的工作中还是常被一些温暖的细节感动。"李培生说。有些游客手里常常攥着垃圾,直到遇到垃圾桶才扔,有的游客还会随身携带一个垃圾袋,甚至有游客会主动捡起路途中的垃圾。

让他最欣慰的是,一些家长带着孩子在黄山看到他们放绳子时,总会教育孩子要爱护环境。有时候,等他从悬崖下爬上来,游客硬塞给他一瓶矿泉水,扭头就跑,容不得他拒绝这份珍贵的礼物。

随着时代的发展,游客在欣赏美的同时,更懂得了尊重美。

除了放绳子作业,李培生还要参与日常游步道的保洁。每天第一拨游客还没有上山,他就开始第一趟保洁巡山,一手拎着垃圾袋,一手拿着钳子,边走边将地上的杂物夹进垃圾袋里。

行走、弯腰、捡垃圾……每天李培生要走10多公里山路,熟悉到"闭着眼睛都能摸出一条路来"。

别人讨厌垃圾,李培生看到垃圾却有种莫名的亲切感。"垃圾是放错地方的资源,把它们从青山绿水中捡回来,让它们回到正确的地方,我有一种自豪感。"他坦言。

近年来,景区内随手乱扔的垃圾越来越少了。以前在客流高峰期,李培生和工友们每天都要在悬崖上放绳上下10余次,一天要在悬崖上捡拾垃圾20多斤。

现如今,游客的素质越来越高了,李培生的工作量比以往减少了不少。"现在的年轻人懂得不乱扔垃圾、不在禁烟区抽烟、不随地吐痰,小朋友们更是爱护环境、注意卫生,还特别尊重我们环卫工人。"李培生笑着说。

他在这个普通的岗位上工作23年,切身感受到时代的进步和文明的发展。

"十几年前,我在悬崖上经常捡到烟头和香烛头,它们在被扔出去的一瞬间都是点燃的。"李培生说。他在山上捡过各种各样的垃圾,最让他心惊胆战的就是捡到烟头和香烛头。

历史上,黄山曾因游客吸烟、乱丢烟蒂而发生两次森林火灾,血与泪的教训让他时时刻刻绷紧森林防火这根弦。2005年,黄山在室外全面禁烟,打造全国山岳型景区中的首座"无烟山"。

头顶森林防火"高压线",李培生只要看到山上有人吸烟,就会第一时间上前制止。绝大部分游客意识到错误之后,会立刻熄灭手上的烟并表达歉意。

目前,黄山风景区已成功实现连续43年无森林火灾,

李培生和工友在悬崖上放绳子　黄山风景区管委会　提供

这样的佳绩背后,是每一位黄山守护人的默默付出和无私奉献。

"工欲善其事,必先利其器。"从小就头脑灵活的李培生,平日里爱搞一些环卫工具的小发明、小改造。他和工友自制环卫钓鱼竿,在普通钓鱼竿顶端加装两根呈直角的"针",用于钩戳距离游步道较远的垃圾,竿身伸缩,像金箍棒一样可长可短,7米以内的垃圾都不在话下。

"虽然辛苦,又有些危险,但想到我做的工作能为保护黄山的环境做一份贡献,我觉得我的付出是值得的。"李培生说。49岁的他是黄山风景区较为年长的放绳工之一,像他这样受过专业培训的放绳工有18位。

谢天星是李培生放绳生涯的"入门师父",也是他的首位放绳搭档。1998年,景区还没有正式成立专业的放绳队伍,谢天星就开始零星地从事放绳工作,是放绳工队伍里的元老级员工。"李培生很善于攀爬,而且胆大心细,一看就知道他能胜任这份高难度的工作。"谢天星介绍。

当时黄山风景区请来了北京的专业户外登山运动员为放绳工们做专项培训,谢天星作为放绳工的"前辈"也将工作中的经验毫无保留地分享。经过近3个月的实操演练,李培生在谢天星的守护下正式开始了新的挑战,为放绳工队伍注入了新鲜血液。

　　"我们两个人彼此是绝对信任的，无论谁下去都有底气。"李培生笑着说。他们搭档时，很多时候是李培生放绳子下去，谢天星在上面看绳头，像导航员一样告知李培生垃圾的具体方位，同时也提醒路段过往游客，避免触碰或绊到绳索。

　　在任务繁重时，二人有时也会互换身份，互相调剂。以前在培训会上，专业的登山运动员告诉他们，在速降过程中，一次下降最长距离为15米。二人经过多次实践，将最长距离缩短为10米。在谢天星看来，安全是放绳作业的第一要素。"放绳讲究一个节奏，快速下降易导致铝合金升降器装备与绳索摩擦发热，对登山绳的损耗较大，悠着点没什么坏处。"

　　2010年，蓬莱三岛景点附近出现了一件雨衣，挂在垂直高度约30米的树尖上。那个位置上不着天、下不着地，中间还有一道无法跨越的深沟。一筹莫展之际，胆大心细的谢天星借助消防云梯，爬到了邻近的山峰上，用环卫钓鱼竿将雨衣从树尖上拽了下来。

　　后来，因业务发展需要，谢天星与李培生分属不同的环卫所，各自带新人开展外围放绳作业，不断挖掘新的外围放绳人才，相继带出了谢乐逵、张华民等放绳工。

　　去年国庆节前，谢天星、李培生二人应邀赴北京参加了中央广播电视总台《向幸福出发》节目的录制，在节目现场，两人再现了景区环卫工的工作实况。

20多年亦师亦友、风雨同舟,谢天星和李培生是放绳作业的金牌搭档。一旦遇到高难度外围放绳作业,以默契著称的二人还是会选择合作,为青山绿水的美丽容颜保驾护航。

"放绳工不但要有胆量,还要有脚力和臂力,身体协调性要好,脚步轻盈,身手敏捷。"放绳工陈国伟说,自己第一次放绳子是1999年,当时的装备不如现在,那时候用的绳子是麻绳,放一次绳子往往双手都被磨得通红。

以前,他的双手长满老茧,现在放绳子用专业的登山绳,手上的老茧比以前少多了。陈国伟已经记不清自己捡到了多少个钱包,归还了多少部游客掉落山崖的手机,帮助了多少走丢的孩子找到家人。不仅如此,他还积极参与公益活动,多次参加爱心捐款及公益献血活动。

陈国伟的家在黄山东麓的黄山区三口镇,回家只需个把小时,但他在黄山工作23年,回家过年的次数屈指可数。"我们这个环卫工作特殊,越是节假日,游客越多,环卫保洁工作难度越大,就需要更加投入地工作。"陈国伟说。

出门一只蛇皮袋,回来一堆脏垃圾。他们一天要工作十几个小时,勤捡勤拾、日产日清,不让垃圾留存时间长。陈国伟将收集起来的垃圾暂时分类堆放在临时垃圾存放点,到了下午3点左右,他再把收集起来的垃圾挑到索道站旁的垃圾站称重、打包。

陈国伟介绍，打包是为了更好地防渗漏和隔绝气味。为了防止运输中垃圾在桶里晃动导致渗漏，他会将每桶垃圾都尽量塞满。打包装桶后的垃圾，会被整齐地堆放在索道货运电梯前的通道处。

每天一早，装满垃圾的垃圾桶都会被第一批下山的缆车运至山下，不做任何停留，直接推上垃圾转运车，送至黄山市生活垃圾处理厂进行无害化处理。

"黄山可真干净啊!"几乎每一个游客都会由衷感叹。黄山上有近1500个仿生态垃圾池、6个垃圾中转站，实现袋装化收集率、及时清运处理率、无害化处置率"三个100%"，垃圾下山环环相扣、日产日清、一丝不苟，保障这片山林的干净整洁。

"我的同事们不仅个个身怀绝技，而且他们都特别敬业勤劳，舍小家为大家，用辛勤汗水守护美丽黄山。"李培生说。在黄山风景区，除了放绳工以外，还有近200名环卫工人，大家起早摸黑，风里来雨里去，穿行在陡峭悬崖间，忙碌于山上每条游步道上，维护着山间一草一木的清洁，用自己的方式尊重并守护着黄山之美。

命运像一颗种子

有时候,命运就像一颗落在悬崖石缝中的种子,不知道什么时候被风吹来,也不知道什么时候生根发芽,最后郁郁葱葱。

在莲花峰的悬崖石缝里,一株黄山松宝宝迎风轻摇,大小如幼儿拳头,青翠欲滴,憨态可掬。

每一次李培生在这里放绳子,都会特意攀爬到这棵小松树前看望它。"我们是老朋友了,从1999年我开始放绳子就认识它了,23年前它就是这个样子,现在还是这个样子,我却比以前老了很多。"李培生笑着跟谢天星说。

对黄山松而言,山上的日子慢。悬崖上那些看起来只有拳头大小的黄山松,有的实际树龄都七八十岁了。

李培生说,看到这些小小的黄山松,仿佛看到了自己的影子。自己就像是一颗松树种子,随风飘荡,机缘巧合落在黄山岩石上,在黄山之巅扎根,在云雾缭绕中穿梭,越是在崎岖陡峭的地方,越往上艰难生长。

1974年,李培生出生在无为市一户普通农民家庭,在家排行老五的他,并没有给这个家庭带来太多的惊喜。无为坐落在长江岸边,从小,两个姐姐和两个哥哥就带着年幼的李培生,在田野上奔跑嬉戏,在小河边戏水打闹,在树林里打滚爬树……

"我的父母都是老实善良的庄稼人,一年到头在土里刨食。虽然家里不富裕,但是我的童年无忧无虑,充满了快乐和自由。"李培生回忆说。

父母以勤劳和质朴守护着家里孩子们的欢声笑语,也守护着飘荡在村庄上空的青草味和饭香味。

在李培生的童年记忆里,老家门口那条欢腾的弯弯小河,无论春夏秋冬总是潺湲流淌,永不停歇。

夏天的傍晚,李培生在岸边就坐不住了。他一边跑着踢掉脚上的凉鞋,一边扯掉身上的汗衫,纵身一跃跳进凉爽的河水中,水花四溅,激起小伙伴们的阵阵惊叫声。"嘎嘎嘎,水鸭子来啦,水鸭子来啦!"小伙伴们嬉笑着、喊着,相互之间打着水仗,一阵阵笑声传得很远很远。

我才不是水鸭子呢,我应该是一条鱼。李培生心里总是不服气,我可是村里水性最好的呢。

游累的时候,李培生就仰浮在水面上,看着淡蓝色的天幕、不断变化的云朵。空气中散射出许多细细的光束,有时透过树叶的缝隙,斑斑点点地洒在河面上,落到他稚气未脱的脸上。

后来,六弟出生了,原本就不富裕的家庭更窘迫了。那时哥哥姐姐开始上学,带弟弟的任务自然就落到了李培生的身上。弟弟从小体弱多病,还不幸患上了风湿性关节炎,走起路来脚有点跛。当村里调皮的小孩嘲笑、欺负弟弟时,李培生总会站出来为弟弟出头……

家中千斤的担子,李培生担了八百斤。初中毕业后,李培生就不再上学了,一边悉心照顾患病的六弟,一边帮助父亲犁田耙地,侍候庄稼,旱时灌溉,涝时排水……

年纪轻轻的李培生,是乡亲们公认的"庄稼好把式"。犁田是工夫活,也是技术活,头脑灵活的李培生很快掌握了犁田的技术要领,一招一式有板有眼。

弟弟18岁时,经历了一次失败的手术。从那以后,弟弟常年卧床不起,生活无法自理,不仅吃喝拉撒完全由李培生照顾,而且还需要天天吃药保守治疗。

家里经济压力骤然增加,像大石头一样压在李培生心上。他虽然放心不下躺在床上的弟弟和日渐苍老的父母,但还是决定到外面闯荡闯荡。只有外出打工挣钱,才能真正分担家庭的重担,减轻父母的压力。

去哪儿打工呢?从没有出过远门的李培生十分迷茫。都说大城市挣钱机会多,那就去上海闯荡吧!卷起铺盖,背起

行囊,李培生第一次走出家门,一个人坐火车来到繁华的大
上海。

在老乡的帮助下,李培生在一家修车铺当起了伙计,洗
车擦车、修车补胎,一心一意学起了汽车修理技术。当他干
得正起劲儿时,没想到家里表叔帮他在黄山谋到一份工作。

"家里人捎话来,让我立刻回家。"当时电话不通,李培
生一头雾水。虽然他很喜欢在上海学修车,但是为了不让父
母担心,一向听话的他还是向老板提出了辞职,依依不舍地
背起行囊打道回府。

"老板和同事都很喜欢我,专门全体放假一天,陪我到
上海外滩去玩了一天,临走的时候还特意打了出租车送我到
火车站。"李培生回忆说。

挥手告别了繁华的上海,李培生坐上了回家的火车。一
路上,虽然好几天没有睡好,但他没有丝毫困意,看着车窗
外飞逝的风景,一时间忘记自己从哪里来,要到哪里去。

听着火车咣咣的声音,李培生感觉自己像一颗被风吹
起的种子,飘飘荡荡、兜兜转转,从老家无为被吹到了大城
市上海,马上又从上海被吹到黄山,在那美丽的地方等待
他的又是什么呢?

清澈的爱

人生总有插曲,但时间只会向前。

1997年底,李培生第一次站在黄山脚下,望着连绵不绝的奇峰怪石,心里既激动又迷茫……

终于见到了表叔,李培生有些紧张。表叔告诉他,天都峰老道口缺个检票工,去那里好好干吧。"做事机灵点,对人实诚点,尽量在黄山扎根。"简单交代几句话后,表叔就走了。

扎根,扎根……李培生心里念叨着,开始了人生中第一次爬黄山之旅。从慈光阁开始爬山,一个台阶接着一个台阶,一座山峰连着一座山峰,3个小时的山路似乎用尽了他所有的力气。终于在天黑之前,他爬到了天都峰老道口。

工友们热情地接待了李培生。他将一碗冒着热气的白开水一饮而尽,感觉身上心里都热乎乎的。一间小小的集体宿舍,他的床位在下铺。麻利地整理好被褥,坐在床边听着外面的山风,李培生的心里只有一个想法:在黄山扎根。

李培生就这样成了一名检票工。除了做好本职工作外,其他活儿他也抢着干。游客有需求,他立刻上前帮忙;地上有垃圾,他拿起扫把就扫起来;池子里有脏衣服,他撸起袖子就搓起来……连厨房里也有他忙碌的身影。

"满眼都是活儿,谁不喜欢手脚勤快的小伙子呢?"工友的肯定,让李培生感受到家的温暖。

更让李培生迷恋的是黄山的美丽。"我文化程度不高,会的形容美丽的词语不多,表达不出黄山的美。那是一种怎么看都看不够、怎么看都好看的美丽。"李培生说。山峰、奇松、怪石、日出、云海、瀑布、溪流、寺院……美景层层出,风光日日新。每一个景点、每一道风景都让这个来自长江边的小伙子啧啧称奇。

原来以为这样的生活会一直美好下去,没想到,1999年黄山小景点门票取消了,改为一票制!当时的李培生面临两种选择:要么离开黄山重回无为老家,要么留在黄山就地转为环卫工。

怎么办呢?环卫工就是捡垃圾的,天天围着垃圾转,说出去也不体面,以后可能连对象都不好找……虽然大家嘴上没有说环卫工不好,但心里就跟明镜似的,一些还没成家的年轻工友开始收拾行李,一时间李培生也不知道何去何从。

那段时间,李培生像蔫了的黄花菜一样,常常坐在没人的地方发呆。"尽量在黄山扎根。"表叔的话言犹在耳,点醒了迷茫中的李培生。是啊,无论是检票工还是环卫工,干什么工种不重要,重要的是在黄山扎根。一下子想通的李培生笑了,留在黄山!扎根黄山!再不体面的岗位也要有人上,再苦再累的工作也要有人干,只要努力扎根,干环卫也没有什么丢人的,一样能干出成绩来。

爱自有天意,无论人生经历多少挫折和磨难,总会有束光能穿透迷雾。李培生一心只想在黄山扎根,不承想黄山早已在他心里扎了根!

心有峰峦,无悔守望。从检票工到环卫工,从环卫工到放绳工,李培生的岗位越换越辛苦,工作越换越危险,但他从未后悔过自己的选择,从未质疑过脚下的道路。

"无限风光在险峰。环卫工作带给我的成就感,一般人不会懂的。"李培生开玩笑说。正所谓"知之者不如好之者,好之者不如乐之者"。

成功进行紧急救援也是成就感的来源之一。2004年冬,一名游客进入未开放区域,被困朱砂峰。下午2点左右,黄山风景区紧急成立了临时搜救指挥中心,李培生因为技术过硬被抽调到救援队伍中。

冬季白天短,气温低,救援必须分秒必争。按照指挥部的指示,救援人员立即分片搜索。时间一分一秒地过去,天色暗了下来,山区气温急速下降。由于是临时接到通知的,李培生来不及换厚衣服,长时间搜索下来,他又冷又累,而此刻时间就是生命!

"当时放绳职业经验告诉我,进行悬崖外放绳寻找或许更有效,于是我主动请缨前往救援。"李培生回忆说。

夜晚放绳,山崖一片漆黑,即使对于李培生这样熟悉黄山的人来说,也无异于"盲人摸象"。借着头灯的光亮,李培生小心翼翼地慢慢向悬崖下降落。

"那是我第一次在晚上放绳,说心里有底,是假话。但搜救就是和时间赛跑,我那时只有一个念头:试一试,说不定就找到人了!"时隔多年,李培生回忆起来,依然心有余悸。

2个多小时后,李培生终于在半山腰处发现了被困游客。当时,游客情绪已经接近崩溃,看到李培生从悬崖上下来,大声喊着"救我!救我!",像抓到救命稻草一般死死地抓住他的衣服。考虑到游客体力不支,李培生把随身携带的矿泉水、面包递过去,让游客先将情绪稳定下来。随后,李培生把安全绳固定在他身上,全程保护着往上拉,避免他被山间落石砸伤。游客获救以后,李培生累得瘫坐在地。

2009年夏,3个大学生进入未开发区域,被困在悬崖峭壁上呼救:"我们在悬崖上无路可走,具体位置也不太清楚。"接到报警电话后,救援人员立刻出发。李培生自告奋勇,背着绳索、戴着头灯走在救援队伍的最前面。

为了减少电量消耗,被困大学生关掉了两部手机,只留一部手机与外界保持联系。通过手机信号,救援人员确定了他们的大致位置。然而,夜黑风高,山林莽莽,未开发领域荆棘密布,想迅速精准地找到他们所在地点谈何容易?冒着未知的危险,李培生通过遗留在地上的矿泉水瓶,进一步缩小了搜救范围。

"有人吗?有人吗?……"李培生对着黑漆漆的深山喊了一遍又一遍,突然对面山峰上传来"救命啊!救命啊!"的喊声,紧接着他看到一点点忽明忽暗的火光。

救援人员赶到后也傻眼了,那是一个垂直悬崖,被困大学生紧贴深不见底的悬崖边,生死悬于一线之间。关键时刻,李培生凭借过硬的放绳子本领,稳稳地从悬崖上爬下来。

"我要带你们上去,相信我,也要相信自己。"李培生一边递给他们水和面包,一边安抚他们近乎崩溃的情绪。每放一次绳子,都会消耗李培生大量的体力。一次只能将一人安全带出绝境,李培生来来回回放了三次绳子,才将他们全部救出,整个过程持续了5个多小时。

回去的路上,李培生的双腿像灌了铅一样,走一会儿歇一会儿。总是冲在救援队伍最前面的他,第一次落在了队伍的最后面。

2019年的一个大雨天，李培生照常和搭档一同走在通往莲花峰的台阶上，一个正在抹眼泪的游客引起了他们的注意。

"她急得要翻越栏杆跳下去，因为手机掉下了悬崖，所有重要财务文件都在手机里。"看着那个绝望的女孩，李培生决定冒一次险。

雨中放绳子危险系数高，往往会遇到不可预测的风险。绳索湿滑，崖壁湿滑，而且随时可能刮起大风，一切危险都可能发生。李培生没有犹豫，他把绳子绑在路边的栓子上，淋着雨"走"下了悬崖。绳子被雨水打湿后越发沉重，头顶的松枝滑动跌落，崖壁也被雨水打得像冰面，双脚踩在上面完全站不住。

李培生在悬崖下摇摇晃晃像个钟摆，幅度越来越大，险象环生。

李培生的眼睛一遍遍搜寻着，终于锁定了游客的手机，控制好身体一点一点挪向手机……

当他翻进栏杆，把手机递给那名游客时，她扑通一下跪在李培生面前，连连道谢。

游客的一声声感谢，常常在李培生耳畔响起。有一天，有个中年游客在爬好汉坡时突然感到一阵头晕，瘫坐在台阶上休息时多次呕吐,眼看就要昏迷过去。"我父亲突发脑梗,意识不清昏迷过去了,快帮帮我们!"其家人报警求助。

民警紧急联系正在附近的工作人员。正在附近的李培生一路小跑过来,和民警一起将昏迷游客抬上担架。时间就是生命,早一分钟到达就多一分希望。李培生和民警憋足一股劲儿,马不停蹄地从好汉坡跑到玉屏索道站,中途连喘口气的时间都没有。由于救助及时,昏迷游客韩某很快脱离生命危险。

"感谢!多亏了你们的帮助,要不是你们,我不可能安全回来。"韩某千方百计找到了李培生的电话,特意打来电话致谢。

参与了多少次紧急救援?多少次帮助游客捡拾物品?每当别人问李培生时,他总是憨憨一笑:"准确的数字我真记不清了,我从来没有将这些事情记在心上,反正只要遇到了这样的事,我一定义不容辞。"

一次次救援的冲锋在前,离不开平日的积累。对于每一位环卫工来说,游客们想要和奇松怪石合影,他们是摄像师;游客们想了解一山一石的由来典故,他们是讲解员;游客们找不到地图上的景点,不知道从哪边继续攀登时,他们就是导航员……

2017年,李培生当选为安徽省第十三届人大代表。2018

大美黄山　黄山风景区管委会　提供

年1月下旬,他第一次去合肥参加省人代会,没想到黄山遇到了极寒暴雨。

远在人代会会场的李培生心急如焚、寝食难安,心里总是惦念着数百公里外的黄山。山上的道路通不通?游客好不好走?迎客松有没有积雪?……会议一结束,他就坐当天的高铁赶回来。没有来得及歇歇脚,他就立即上山,投入景区抗击冰雪的战斗中。

"回到工作岗位上,我才觉得心里更踏实。我的根扎在黄山,我的心也在黄山。"李培生说。那一年,为了做好春节期间的环卫工作,他又主动申请在山上过了一个年。

人不负青山,青山定不负人。在黄山扎根的李培生,日复一日在山崖间清洁环境,用心用情守护美丽的黄山,在平凡工作中创造不平凡的业绩。他获得了"安徽省五一劳动奖章""安徽省劳动模范""黄山市首届道德模范提名奖""十大最美环保人提名奖"等荣誉。

2012年11月,李培生入选 "中国好人榜",当选"敬业奉献好人",这也是黄山风景区首位入选"中国好人榜"的员工。

半路摄影师

"我喜欢黄山下雨，虽然下雨会给工作带来一些不便，但是第二天很可能有大云海，可以拍出美丽的照片。只要有云海，只要能拍出满意的照片，雨再大路再滑都值得。"李培生笑着说。

久雨初歇后，云海在山间奔流飘荡，有时如瀑布般倾泻，日出的美景令人叹为观止。有的好照片是守出来的，李培生是每天都会去守的那个人。

李培生早上4点多就出门，天还没亮就早早守候在拍摄点。他在日光穿透云层的刹那按下快门，一种惊喜和满足从心里升腾起来，就像那金光四射的旭日一样，把身上的每个毛孔照得亮堂堂、暖洋洋的。

黄山，是有生命的。有时他看着自己拍的作品，会不自觉地咧嘴笑，仿佛用自己的语言与黄山展开了一场真情对话。

"黄山的一草一木都在生长变化，十几年前拍的松树，现在再去拍的时候，我能看到它的成长。"李培生说。

李培生　摄

星辰落耳旁,云层透白光。现如今,李培生已成为安徽省摄影家协会会员,是黄山山顶上小有名气的摄影师。放绳工成为摄影行家,李培生与摄影结缘还要从十几年前说起。

黄山不仅是摄影人的天堂,也是摄影师的摇篮。很多年前,国内外专业摄影大师和发烧友级别的摄影人,陶醉于黄山雄伟秀丽的风光,纷纷奔上黄山取景创作。

刚开始,李培生对摄影一窍不通。看到拍摄点上有人架着相机,一动不动地盯着前方,他不理解为什么拍一张照片要守几个小时,甚至十几个小时。看着这些人身上挂着长枪短炮,有的上山累得气喘吁吁,李培生总会上前搭把手,帮助他们背背包、拿拿器材。

一来二去,慢慢彼此熟络了,

李培生　摄

李培生　摄

一些摄影发烧友就撺掇他说:"你也拍呀!我这么老远都过来拍,你就在黄山上,这么好的条件不拍照,岂不是太可惜了?"住在山上坐拥"宝山",对于摄影人而言,是一种莫大的幸运。

耳濡目染,半路出家,李培生处处留心观察学习,渐渐地懂得了如何取景、选拍摄角度、用光。

"山上有很多半路出家的摄影师,我们在技术上不如大师,在设备上也不够专业,但我们对黄山的熟悉、对生活的热爱、对摄影的执着绝对不比任何人差。"李培生自豪地说。黄山之巅,太阳在哪个位置、哪个时段、哪个角度照射,风光都有所不同,拍下来都有意想不到的画面。

有人说,熟悉的窗外没有风景,但是对于李培生来说,他深爱着的黄山,一草一木都是他创作的源泉。

买不起专业相机,李培生买了一部摄影功能较好的手机。即使是用手机拍照,李培生也一丝不苟地研究构图技巧、光影氛围、色彩搭配、聚焦细节等拍摄技术。

春拍山花烂漫,夏拍白云飘游,秋拍层林尽染,冬拍雪拥群山。有时拍到一张满意的照片,他会激动得手都有些抖,甭提有多开心了,接下来好几天,走路捡拾垃圾都哼着小曲,弯弯的嘴角似乎挂在了耳朵边上。

"一拍照他就迷上了,一说起拍照来就没完没了。"妻子王翠霞说。王翠霞塞给他一张银行卡,上面存了2万块钱,让他去买一部专业相机。李培生先是愣住了,后来又高兴得抱起妻子就地转了一圈。太开心了!终于可以拥有一部专业相机了。狂喜过后,他冷静下来,知道妻子为了攒钱让他买相机,肯定没少"抠门"。

他拒绝了妻子的好意,坚持用手机拍出黄山不一样的美;他既要拍出属于自己的风景,又要传播黄山的美景。每隔几天,他就会在微信朋友圈晒出黄山的照片,有的雄伟壮丽,有的飘逸灵动。这些照片还会得到国内外很多摄影师的点评和指导。

有一天,正在游步道拾捡垃圾的李培生接到一个电话,说有个画家在环卫所等他。来者何人?有何贵干?一头雾水的李培生到了环卫所才知道,原来是画家胡建军,他们俩是微信好友呢。

"培生,你昨天发在微信朋友圈里的那种照片,是用什么相机拍的?"胡建军笑呵呵地问。

"我是用手机专业模式拍摄的,让您见笑了。"李培生笑呵呵地答。

"拍得真不错!别人跟我打赌,说你是用专业相机拍的,这个赌我赢了。"胡建军兴高采烈地说。他从包里拿出一台专业的佳能牌相机,递到李培生手里:"这个相机放在你这里,你用它多拍照片,记录黄山的一年四季,让更多的人发现黄山,走进黄山。"

从那以后,李培生经常背着这部相机,像全国各地的摄影发烧友一样,在黄山顶上咔咔咔拍个不停。

热爱是最好的老师。如何平衡与兼顾黄山的向阳面和背阴面?怎么才能用照片定格黄山那种腾云驾雾的动态美?……"当你真要拿起相机拍照时,那种满足感、成就感就会推着你,让你去思考如何表达对黄山的热爱、对生活的热爱。"李培生感慨地说。热爱不分高低,可抵岁月漫长。在黄山摄影的道路上,李培生有着自己的思考和探索。

莲花峰上的日出是他最喜欢的黄山风景之一。那是一种汹涌澎湃的美,白色的云海翻滚而来,唯见若隐若现的山尖。云天之间有一道金黄色的水平分割线,一轮红日徐徐升起,立刻霞光万丈。"黄山的夕阳特别美,那时候光线慢慢变

李培生　摄

得柔和，像蜜一样洒在山峰上，让人忍不住想拍照，想分享给更多的人。"李培生说。

李培生不光自己拍照，还带动同事参与到摄影活动中来，经常和工友们一起切磋拍摄技术。在他的带领下，工作之余，环卫所里的清洁工们纷纷拿起手中的相机、手机，抓拍难得一见的奇异风光，记录一次次紧急救援活动，定格一件件好人好事，展现美不胜收的黄山风景。

"环卫工不仅是黄山的美容师，也是黄山风景的摄影师。"李培生一脸骄傲地说。摄影成为环卫工们工作之余最惬意的休闲方式，他们经常互相交流拍摄技巧和心得，越来越多的环卫工成为"隐藏摄影师"。

有一次黄山雪后初霁，云海齐现，吸引了众多的游客和摄影爱好者共赴山巅，尽览黄山冬韵胜景。清晨，李培生早早守在拍日出的地点，和众多摄影发烧友挤在一起,等待日出那激动人心的时刻。他身边一位来自福建的摄影发烧友,用同样的视角拍同样的场景,两人你一言我一语地交流起来,还互相加了微信保持联系。

没过多久,李培生收到了一大箱子快递,里面装的是一部专业相机和三脚架。"他说要物尽其用,把这台闲置的相机送给我,让相机发挥更大的作用,拍出更好的照片。"李培生说。原来,这位福建的微信好友看到李培生闲暇之余用镜头记录大美黄山,被他对摄影的热爱所感动,执意要把相机送给他。

李培生暂时将相机留在身边,拍到满意的照片会第一时间跟他分享。日照金山、云海翻卷、瞬息万变、如梦如幻……李培生把他看到的仙境般的黄山,通过照片分享出去,让更多人了解黄山,爱上黄山,奔赴黄山。黄山成为更多人魂牵梦绕的"诗和远方",就是对他们这群"隐藏摄影师"的最大肯定。

"我拍黄山我很自豪,我要尽我所能拍好黄山,把黄山最美好的一面展现出来。"李培生说。一边用心拍摄美景,一边尽心传播美好,李培生把黄山美照发到各种平台上,很多陌生网友都被吸引了。

现如今,李培生拥有两部专业相机,他将它们时常挂在身上。这几年,李培生拍的照片不仅出现在自己的微信朋友圈,时不时还出现在时政报纸、摄影杂志上。前不久,他正式成为安徽省摄影家协会会员。

一个人的婚礼

2008年的大雪,在所有黄山人的记忆里都是抹不去的。那一年,纷纷扬扬的大雪似乎从来都没有停止过。

"我们早早定好在1月31日结婚,在玉屏楼摆喜宴,我们夫妻二人共同请山上的同事喝喜酒。"李培生回忆说。

没想到,一场旷日持久的大雪,打乱了所有人的节奏。百年一遇的特大冰雪灾害,正向黄山风景区袭来。

"我们前脚刚清扫了一条可以供行人行走的道路出来,一转身,后面的道路又被雪覆盖了,根本来不及清扫。"这是李培生在山上工作以来遇到的最大的一场雪。鹅毛般的大雪纷纷扬扬地下,似乎没有停止的意思。

天地间白茫茫一片,整个宇宙仿佛只听得见簌簌的落雪声。山顶上熟悉的景看不见了,游步道上的路也看不见了,一些拐弯处的积雪甚至没过了人的头顶,一不小心掉到雪窝里,半天都爬不出来。

没日没夜的大雪,导致迎客松上的积雪越来越厚,枝丫下垂已有1米多。眼看"国宝"险象环生、危在旦夕,黄山打响了"迎客松保卫战"。

1月28日至31日,武警官兵和园林、综治、环卫等部门的员工100余人蹚着没膝的雪,在看不见台阶的山道上往山上运送毛竹。

"用毛竹给迎客松搭架子,所有人都进入战斗,这个时候我怎么能离开呢?"李培生说。李培生对工友啥也没说,对领导啥也没提,他和大伙一起肩扛手提,两个人组成一组,团队作战。一根粗重的毛竹,一个人在前面拖,一个人在后面抬,深一脚浅一脚地艰难地向玉屏楼爬去。刚从雪堆里刨出来的毛竹就像是一根雪柱,上面结满了冰,手握上去滑溜不说,简直冷到骨髓,而且要经过15里的弯曲山道才能抬到玉屏楼。

每个人都干得热火朝天,衣服外面结了一层薄冰,内衣里面一层汗,头发上还挂着一串串的冰珠子。他们不知道摔了多少跤,人和毛竹一道滚,哪怕滚的时候他们也抱着毛竹不松手。

他们更不知道的是,那天李培生的未婚妻正在黄山脚下苦苦等候。一个在山上守护迎客松无法下山,一个在山下因为大雪封路而无法上山。就这样,在结婚的日子,两人无法见面,成为彼此一辈子的遗憾。

终于,他们把搭架子所需的120多根毛竹运到了玉屏楼。"当时保护迎客松是大事,大家顾不上吃饭,借着探照灯,冒雪搭建支架。"李培生说。一直到晚上9点多钟,一个近5层楼高、顶部面积达20平方米的支撑平台把迎客松稳稳地撑了起来。

迎客松终于安全了,李培生的婚礼却错过了。第二天,工友们在山中为李培生补办了一场特殊的婚礼——一个人的婚礼。"虽然结婚当天我没办法上山,我们没有见上面,一个人的婚礼是有点遗憾,但是能在那天守护迎客松很有意义。他这个人就是这样,责任感太强,对事对人都特别实在。"妻子王翠霞说。

一个人的婚礼,所有人的回忆,王翠霞就这样成为李培生的妻子。两人的缘分还要从一年前说起。

王翠霞是个白白净净的邻村女孩,一双大眼睛好像会说话,却总是怯生生的,不敢望向别人。

经亲戚介绍,2007年春节期间,神采奕奕的李培生左手拎着酒,右手提着糖,到王翠霞家去相亲。王翠霞和家人在门口迎接他,在人群中李培生一眼就看到了她,眼前那个白白净净的文静女孩低头浅笑,像一幅画一样定格在李培生的心尖上。

　　一进屋,李培生就脱掉了挺括的西装,端茶倒水、洗碗扫地,就像到了自己家里一样。王翠霞的妈妈也一眼相中了手脚勤快、性格沉稳的李培生,有意撮合两人多在一起说说话、聊聊天。

　　可王翠霞很沉默,一言不发地坐在那里。李培生有一肚子话想说,但他也不敢轻易开口。

　　显然,王翠霞对李培生并不满意,相亲失败了。李培生并没有因此受到打击。"其实也不算失败,我把她的电话和QQ号码都要来了。只能说'阵地战'失败了,'持久战'就要开始了!"李培生笑着说。路遥知马力,日久见人心。李培生认为,自己的真心真意会打动王翠霞。

　　乐观幽默的他还安慰媒人不要气馁,想方设法了解"阵地战"失败的原因,日后他会"对症下药"改变战术,争取早日博得芳心。

　　王翠霞是个坦诚直率的姑娘。"他的皮肤太黑了,看着好苍老。"王翠霞向媒人吐露心声。是的,一年三百六十五天,几乎天天都在黄山上风吹日晒,平均海拔1800米以上,紫外线十分强烈,李培生的皮肤早已被晒成了古铜色。

　　最让王翠霞纠结的其实是李培生的工作,常年守在山上,下不了山,顾不了家,以后如果组建了小家庭,指望谁来分担家务、守护小家呢?

　　媒人转达了王翠霞的心声，李培生听后沉默了好久。"我挺理解她的想法，但我不会放弃的。时间会为我证明，责任感才是最好的守护。"李培生说。

　　回到山上以后，工友们发现李培生变了。每天完成工作以后，他总是躲在一个安静的地方打电话，一打就是好长时间，有时脸上挂着不自知的谜一样的微笑，有时又愁眉苦脸、唉声叹气……

　　那段时间，每当夕阳西沉，他就跑去莲花峰、鳌鱼峰，举着相机不停地拍照，然后从中精挑细选，把他最满意的照片一张张发给王翠霞。照片上的一石一木、一草一叶都是李培生对黄山无尽的热爱。每一张照片都是美景，也是一种思念。慢慢地，这样的爱温暖了王翠霞的心。两个年轻人越走越近，心灵越靠越近，终于，王翠霞答应了李培生的求婚。

　　"我们基本上是裸婚，我真的是被小李子的真心真意打动了。"王翠霞笑着说。王翠霞给李培生起了很多外号，有时叫他"小李子"，有时喊他"黑大叔"。现如今，一说起老公，王翠霞的眼角、嘴角都溢满了幸福。

　　一个在山上，一个在山下，婚后虽然见面很少，但是两人一有空就打电话诉衷肠，生活十分甜蜜。每到假期，李培生总是迫不及待地飞奔到妻子身边。

　　结婚第二年，王翠霞怀孕了。"结婚时我们就不在一起，生娃的时候你可一定要在我身边啊。"李培生答应妻子,等孩子出生时他一定会赶回她在无为的娘家陪伴她。

到了孕晚期,王翠霞腹中胎儿过大,脐带绕颈。2月4日一大早,没想到羊水破了!六神无主的王翠霞一边赶紧拦车去医院,一边打电话给李培生。

等王翠霞到了医院,医生建议立即进行剖宫产手术,否则胎儿有窒息的危险。另一边,李培生接到电话后,立即跟领导请假,第一时间从山上赶回无为的家。

在火车上,心急如焚的李培生来回不停地走动着,恨不得插上翅膀立即飞到妻子身边。下午4点,他在火车上接到了岳母的电话:翠霞生了,母子平安!那一刻,李培生心中五味杂陈,既感到无比幸福,同时又觉得十分愧疚。

从一个人的婚礼到一个人生娃,李培生把对家人的亏欠和愧疚深埋心底,只要一回家就忙得脚不沾地,帮妻子洗衣做饭、洗碗拖地。"他会特意把假期放在我和孩子的生日,回来做一桌子菜,还会陪我喝一杯,说两句甜言蜜语。"妻子王翠霞笑着说。

儿子李天佑的出生,为小家庭带来了更多的欢声笑语,也让李培生感到肩膀上的担子更重更沉了。他无法像其他父亲一样天天陪伴在孩子身边,无尽的牵挂只能通过电话来缓解。

后来,手机可以进行视频通话,每天晚上都是李培生一家三口"团聚"的时刻,手机里都是小天佑的一举一动。

"儿子,看到爸爸没?"

"看到啦,爸爸!"儿子稚嫩的声音如春风吹散李培生一身的疲惫。

"宝贝,晚上吃的什么? 今天乖不乖?"

"爸爸,山上有没有大老虎?"

……

这样的线上"团圆"伴随着小天佑的成长,却也带着淡淡的忧伤。

有一天,李培生正在游步道上捡垃圾,突然收到妻子发给他的一段视频,视频里小天佑正在哭着叫爸爸。原来,妻子带着孩子到小区玩,看到别的小朋友有爸爸陪着,还不懂事的小天佑开始想爸爸了,当众哭了起来,不停地询问爸爸什么时候才能回来。

看到这样的场景,李培生心里很酸。孩子天真地盘问归期,他只能用沉默来回答;孩子的无限思念,他只能用笑容来化解;与孩子之间的隔阂,他只能用千言万语来填补。

儿子6岁那年夏天,第一次在山上看到爸爸放绳子。小小的人儿一脸严肃,一言不发,一直站在游步道上的角落里。等李培生在悬崖上清理完垃圾,从护栏上翻过来后,儿子一把抱住李培生的大腿，带着哭腔说:"爸爸，别放绳子了,太危险了,我怕你掉下去。"说着便号啕大哭起来。

一向乐观坚强的李培生,眼里泛起了泪花,转过身悄悄抹去,紧紧地抱着孩子。

儿子到了上小学的年纪,李培生用多年的积蓄在黄山城区买了一套房子,一家三口终于可以团聚了。每到暑假,李培生就把儿子接到山上的环卫所,带着儿子一起捡垃圾。"我很崇拜爸爸,也很心疼他。希望每个人都不要乱扔垃圾。"李天佑说。白白净净的他平日里很安静,可只要李培生一回家,"安静的美男子"就会变成一个十足的话痨。

平日里,李培生一个月回家一次,每次能休息四天。放绳工都是一个萝卜一个坑,每个人每个组都有自己的"责任田",各自负责各片区的环境卫生。作为领班,乐于助人的李培生经常给别的工友顶班。

说来也巧,有一次李培生接连给工友顶班,一下子七个半月没有下山,一直在山上忙碌。山上没有理发店,他的头发疯长,像龙须草一样披在头上。

"大姐,请问看迎客松往哪儿走?"一个游客向李培生问路。李培生看着对方,好大一会儿才反应过来,原来自己长长的头发让对方误会了。

有一天深夜，李培生突然接到妻子的电话："我刚刚梦到绳子断了，你掉下去了……"说着说着，抽抽噎噎地哭起来了。李培生又心酸又心疼，不停地安慰着老婆："梦都是反的，放绳子我都干20多年了，还不是好好的吗？"

李培生在黄山放绳子，一直瞒着在老家生活的父母。父母只知道他在黄山风景区上班，平日里清闲、舒适、体面，一直以为他干的都是检票工作。

后来有一次，父母无意中在电视上看到李培生在那么高的悬崖上清理垃圾，他们心疼了，流泪了，赶紧拨通了儿子的电话，劝他不要再干这个工作了。

为了让父母安心，李培生每天都会给家里报平安，经常给二老"洗脑"：这么多年来早就练好了一身本领，加上防护措施到位，放绳子基本上是零风险。

父母今年85岁，是李培生时时刻刻的牵挂。平时照顾不到父母，他给家里装上了视频监控，一有空闲他就点开手机上的软件，看看父母在忙什么，健康状况怎么样。

甘蔗没有两头甜，银针不能两头尖。李培生何尝不想日日陪在父母身边？何尝不想天天送孩子上学？他尽自己最大的努力，用亲情守着家人，用热爱守着黄山，无论再苦再累，都会一往无前地奋斗下去。

也许，未来某一天放绳子下去后，李培生再也没有力气爬上来,无法在悬崖上行走自如。"那个时候,才是说再见的时刻。"李培生笑了起来,复杂的神情中夹杂着一丝落寞。

第四章
一棵松，一个人，一辈子

———————————————

　　风雨44载，守松人一茬接一茬，白天护树，晚上听涛，24小时不间断守护"国宝"，生活的全部内容几乎都是迎客松。这不仅是一项工作的交接，而且是一种责任的传承。

守护黄山的
中国好人

Shouhu
Huang Shan
De
Zhongguo
Haoren

1680米,黄山玉屏峰之巅。

玉屏楼对面横卧着巨大雄伟的青狮石,青狮石旁矗立着驰名四海的迎客松,迎客松下伫立着一间小小的值班室,这里是第十九任守松人胡晓春的"家"。

和煦的阳光透过迎客松的枝丫投射到门口悬挂的金色牌匾上,"中国好人胡晓春工作室"十个字熠熠生辉。每天,成千上万名游客在迎客松前留影,却很少有人将镜头对准迎客松下的值班室。

一扇门,仿佛隔开了两个世界:门外是络绎不绝游览黄山的来自世界各地的游客,门内是一个人独守的岗哨。

推开门,"党旗在迎客松旁高高飘扬"几个鲜红的大字映入眼帘,迎客松保护党小组职责及成员介绍图例、文字清晰地张贴在墙上,胡晓春的照片和岗位职责光荣地列于其中。

约10平方米的空间,能容脚的地方不多。一台电脑,工作室的办公标配;一块屏幕,从多个角度时刻监视着迎客松;一张沙发,既能小坐,又能当床铺;一个柜子,里面整齐存放着一本本《迎客松日记》。

1980年,胡晓春出生;1980年,迎客松开始配备守松人。胡晓春恰与守松人岗位同岁,在他看来,这既是一种巧合,也是一种缘分。

40余年来,迎客松值班室先后迎来了十九任守松人。除了1位先后守护两任,其余人皆守护一任。值班室以前是什么样子?历任守松人有哪些经验和故事?在黄山每个风和日丽、游客秩序井然的日子,胡晓春都会享受片刻宁静安心的时光,他的脑海里常常会冒出一连串的问号,期待值班室曾经的主人们讲讲他们的故事,说说他们的经验。

机会来了! 黄山每隔3年至5年,都要邀请历任守松人来迎客松这里看一看、坐一坐、谈一谈。2016年5月6日,14位历任守松人来到迎客松旁。遗憾的是,第三、五、六任守松人桂祖尧、张玉胜、蒋长厚已经去世,还有1位已经是耄耋之年,身体不便,想回来看看却心有余而力不足。14位守松人相聚了! 这是守松人集体登上黄山人数最多的一次。

洪维凯是第一任守松人,1951年出生的他接到电话后,便和夫人一起马不停蹄地从上海赶到了黄山。洪维凯要带着老伴一起来黄山,也要跟她讲讲黄山和迎客松的故事。

1980年初到1980年4月,洪维凯专职守护迎客松。那时条件简陋,夜里睡的是木板房,透风漏雨,山风很大,但这一段不算长的迎客松"警卫员"工作,却是他人生中最难忘的一段经历。看到久违的老朋友,洪维凯很激动,他拥抱并亲吻了迎客松,感慨万千又兴奋不已。他的妻子讲述了一个感人的故事:洪维凯有一次住院时,同病房的病友问他黄山什么最好看,当时他神志不太清楚,记不得迎客松的名字,就说,黄山那棵松最好看! 在他的生命里,对迎客松的爱超越了一切。

从1980年4月到次年年底,姚社华担任第二任守松人。从1981年开始,迎客松守护人开始记录守松工作日志——《迎客松日记》。这一记录就是40多年,而姚社华是第一位执笔人。

斗转星移,一位位守松人从四面八方先后走进迎客松值班室,又从迎客松下奔向不同的人生轨道,每一段都是动人的奋斗故事。胡晓春认真地听着他们的故事,对迎客松的敬畏之心油然而生。风雨44载,守松人一茬接一茬,白天护树,晚上听涛,24小时不间断守护"国宝",生活的全部内容几乎都是迎客松。这不仅是一项工作的交接,而且是一种责任的传承。我们没有理由不记住他们的名字!

附:十九任迎客松专职守护人

姓名	籍贯	守护时间
洪维凯	芜湖	1980年1月—4月
姚社华	歙县	1980年4月—1981年12月
桂祖尧	屯溪	1981年12月—1982年12月
王福宝	黄山区焦村镇峰景村	资料缺失
张玉胜	黄山区焦村镇陈村	资料缺失
蒋长厚	黄山区汤口镇岗村	资料缺失
谢正国	徽州区杨村乡梅村	1990年—1991年
方达仁	资料缺失	1992年—1993年
凌兵	资料缺失	1993年—1994年
吴夏仁	屯溪	资料缺失
谢红卫	徽州区杨村乡梅村	1994年1月—2000年11月
邹中华	黄山区耿城镇	2000年11月—2001年11月
江录青	资料缺失	2001年11月—2002年4月
谢品红	黄山区汤口镇山岔	2002年4月—7月
瞿兴辉	黄山区甘棠镇	2002年7月—2003年7月
沈成效	黄山区甘棠镇	2003年8月—2005年2月
瞿兴辉	黄山区甘棠镇	2005年2月—8月
徐东明	黄山区焦村镇	2005年9月—2010年6月
胡晓春	黄山区谭家桥镇	2010年7月至今

"保姆"谢红卫

秋日的午后，坐落在黄山市徽州区一隅的天天见面馆没什么客人，年近花甲、身材微胖的谢红卫和经营面馆的妻子谢雪云面向街道安坐，享受着片刻的闲暇。小店于2020年7月从黄山区汤口镇搬来，只为方便身体不好的谢红卫就医。面馆门脸不大，在以稻米为主食的皖南经营面食，倒也独辟蹊径。南来北往的人们不知道，20多年前，谢红卫作为迎客松第十一任守松人，名字登在《安徽日报》上，上过省电视台国庆晚会，那可是风风光光的人物。

"从1994年1月到2000年11月，守护黄山松6年多。"谢红卫回忆起与迎客松相守的日日夜夜，往事依然历历在目。在他之前，迎客松守护人驻守时间少则几个月，多则一两年，他是第一个坚持这么长时间的守松人。

1994年，恰逢而立之年的谢红卫走出家乡徽州区杨村乡梅村，告别务农生活，经过管委会园林局招工，走进迎客松值班室，从第十任守松人手里接过守护接力棒。当时村里人很不理解，作为家里顶梁柱的这个男人为何要抛下老婆和孩子,去守着一棵树过日子?为钱?护松显然不是什么发财行当。图名?庄户人哪有这份浪漫心思?在谢红卫看来,黄山充满了神奇的魔力,他十几岁时跟随在黄山工作的舅舅上山游玩,从那时起便在心里种下了一颗长大之后到黄山工作、生活的种子。

"那时候值班室条件比现在艰苦,只有一台电视解闷。白天巡查迎客松,夜里一个人独守。阴雨天被子潮湿,下雪天用电热毯取暖,很难睡个安稳觉。"谢红卫感慨道,担任守松人第一年,一个月包括伙食费的收入只有290元,2000年离开岗位时,全年收入也不到1万元。

只要能陪伴迎客松,谢宏卫就不觉得日子有多苦。他每天仔细观察迎客松的松针、树皮、枝干等的变化情况,察看有无病虫害,记详细的笔记。发现问题后,及时向管委会园林局领导汇报,并配合技术人员采取相应的护理措施。同时,劝阻和制止少数游客的不文明行为也是守松人的职责。

常年待在山上,没有同事或领导监督,一天24小时都是谢红卫的工作时间。旺季,游客上山早,谢红卫四五点钟就要起床。到了冬天,游客骤减,宾馆的员工也开始轮休,一天也见不着几个人,说不上几句话。尤其到了下雪天,山顶上气温低到零下十几摄氏度,滴水成冰。为了安全,他不敢用电器取暖,手冻麻木了,就在袖子里笼一笼;脚冻麻木了,就在地上跺一跺。可他舍不得迎客松被冰雪覆压，每天早上起来第一件事，就是用竹竿轻轻地打掉迎客松上的积雪，敲掉晚上结成的冰凌。

在空闲时间，谢红卫从玉屏楼宾馆借来有关黄山的书籍等认真研读。渐渐地，他了解到了黄山在世界自然、文化等方面的地位，更在心中掂量出千年迎客松作为中国人民热情友好之树的重要象征的意义。当游客在迎客松前流连忘返、拍照留念时，他总会主动上前，用饱含感情的话语向人们介绍这棵充满传奇色彩的松树。

谢红卫在山上值守，谢雪云带着两个孩子到黄山区汤口镇打工，把家安在了黄山脚下，只为老公下山回家近一点。事实上，谢红卫却很少回家。"守松人允许一个月休息两天，但迎客松一天也离不开人。"谢宏卫说。

没错，迎客松挺立千年，经历无数风雨，既坚强又脆弱。1998年1月7日夜，迎客松遭遇暴风袭击，长7.3米的东二枝折断，垂挂的断枝还砸伤了东一枝，并磨损了东一枝皮层。谢红卫心疼不已，夜里及时向管委会园林局汇报。

省内外专家组"会诊"后认为，造成断枝的主要原因是枝条内部腐烂，失去应力，加上连日阴雨和瞬间狂风。万幸的是，此次断枝对迎客松的生机和树形影响不大，松树能够正常生长，这让谢红卫长舒了一口气。

"照顾迎客松比照顾自家庄稼还尽心，对迎客松比对自己家人还要好！"谢雪云平静地说道。这个坚强的徽州女人把家庭的重担牢牢扛在肩上，对谢红卫从来没一句抱怨，两人结婚30多年，甚至没吵过架。

在守护黄山松的6年多时间里，谢红卫只和家人过了两次春节，其他年份都是一个人在山上过年。有一年冬天，管委会园林局考虑到谢宏卫上山护松四五年了都没有回家过一个年，就安排人员代班，让他与家人过一个团圆年。腊月二十七，谢红卫回到家，谁知第二天一推开门，地上铺着半尺厚的雪。这样的情况，应在雪结冰之前用竹竿顶住松枝，将树上的积雪轻轻摇落，等到结了冰就难护理了，而且弄不好松枝、松针还会受损。代班的人没有经验，会不会……？谢红卫越想心里越放不下，他匆匆地扒了几口早饭，顶着刺骨的寒风，步行五六公里，到杨村借电话打到迎客松值班室询问。得知迎客松已得到妥善护理，并且安然无恙，他那颗悬着的心才算放了下来。

谢红卫不下山，谢雪云只好上山。每年采完茶，她都要上山陪老公住几天，帮忙整理一下值班室，收拾收拾被褥。1996年春节，谢雪云和两个孩子到玉屏楼宾馆与谢红卫一起吃了年夜饭，一家四口挤进约10平方米的值班室，在迎客松下迎接新年，这是一家人难得的温馨而浪漫的时光。20多年过去了，谢雪云回忆起来，依然能体会到从过去穿越而来的幸福。

朝迎旭日，暮送晚霞，谢红卫悉心看护着迎客松，两千多个日日夜夜就在这日复一日的单调重复中度过。为了古松延年益寿，他的双手几乎把迎客松的每一根枝干摸了一遍，绝不放过每一处可能出现的病灶。"只要是对迎客松有益的事我都愿意去做，哪怕作用很小很小。"谢红卫说。他尽职尽责又尽心尽力，因此得了一个绰号——"保姆"。

2000年，谢红卫守松人聘期结束后，下山到慈光阁当检票员，上山的次数渐渐少了。"守护'国宝'迎客松，是至高无上的荣誉！现在有时在梦里还会梦到迎客松，梦到自己巡查迎客松。"谢红卫这辈子舍不得离开黄山，更放不下对迎客松的牵挂。

迎客松当"月老"

"没有迎客松，我就不会认识妻子。可以说，迎客松就是我们夫妻的'月老'。"年逾不惑的瞿兴辉生于1980年，是黄山区甘棠镇人。2002年7月到2003年7月、2005年2月到8月，他先后担任第十五任和第十七任迎客松守护人，两段任期之间调任玉屏防火中队中队长。他是唯一任职过两任的守松人。

瞿兴辉刚接过守松人接力棒时才20岁出头，这正是一个人最美好的年华。"荣誉越高，责任越大！"瞿兴辉对守松人岗位充满期待。上进好强的他每天仔细巡查松树，认真记录日志，青春的汗水滴在黄山之巅，滋润着迎客松下的土地。

守松人的工作内容单调，却有不期而遇的美好。2002年的一天，阳光明媚，惠风和畅，迎客松前聚集了一个个旅游团，众多游人在导游的带领下，兴致勃勃地拍照留念。瞿兴辉在值班室里坐久了，打开门，到屋外伸伸懒腰。忽然，人群中一个举着导游旗的女孩令他眼前一亮，一颗躁动的心如小鹿般在胸腔中乱撞。直觉告诉瞿兴辉，这个女孩就是自己心仪的对象。

瞿兴辉壮着胆子、厚着脸皮，热情地跟女孩打招呼。虽然不知道面前这个阳光帅气的小伙子的名字，但经常带团到玉屏楼景区的女孩知道他就是人人尊敬的守松人。面对一个陌生人的搭讪，女孩本能的害羞让她不好意思接过话茬儿，两腮一红，微笑着躲开了瞿兴辉热烈的目光，然后带领游客前往下一个景点。

女孩的躲闪让瞿兴辉有些失落。难道就这样错过吗？他心有不甘,夜深人静时坐在寂寞的值班室里,眼前常常会浮现女孩的身影,他期待着下一次与她相遇。

没过几天,那个导游女孩又带团来到迎客松前。瞿兴辉抓住游客自由活动的间隙,再一次上前打招呼,并磕磕巴巴地介绍自己。女孩莞尔一笑,对这个小伙子产生了一丝好感,但紧张的工作让她无暇与其交流更多。瞿兴辉极力掩饰内心的激动,脑海中不断规划着下一步的行动。

缘分总是留给有心人。每当女孩带团来到迎客松前,瞿兴辉总会恰逢其时地"偶遇",抓住空隙聊聊彼此的工作,诉说生活的苦乐。最终,瞿兴辉的真情实意打动了女孩,两个年轻人的心逐渐靠近,并确定了恋爱关系。

巍巍黄山为证,郁郁青松牵线。2005年,瞿兴辉结束第十七任守松人任期后,和女孩幸福地步入了婚姻殿堂,后来拥有了爱情的结晶。

"我们的儿子取名'瞿岩松',既是纪念担任守松人这段难忘的经历,也是纪念迎客松下相恋的过程,期望儿子像迎客松一样刚毅、挺拔、坚强。"瞿兴辉内心深处放不下对黄山、对迎客松的眷恋。2011年,在妻子的鼓励下,瞿兴辉通过自学考试,顺利获得导游员资格证书,并于第二年正式成为黄山导游。

如今,瞿兴辉经常带领旅游团到迎客松前"打卡",讲述千年古松的故事，偶尔也会提及自己的守松经历。每当此时，游客中都会响起一阵羡慕的惊叹声。

具有优秀品质的人，无论身处哪个岗位，都会熠熠发光。"我要把守松人那股甘于寂寞、勇于奋斗的劲头带到导游岗位上。"瞿兴辉热情周到的服务得到游客的普遍好评。尤其在带老年旅游团的时候，他总是足够细致、足够耐心，每讲一段话都要重复一两遍，然后逐个询问大家是否听明白了。曾有一位耄耋之年的台湾游客游览黄山后，拉着瞿兴辉的手说："你的服务让我非常满意，我要把黄山的美景照片带回去，把我的经历介绍给亲朋好友，让他们一定来黄山游玩。"

近年来，瞿兴辉夫妇先后荣获"安徽好导游"称号、原国家旅游局评选的"中国好导游"称号，可谓夫唱妇随、比翼双飞，在同行中传为佳话。从守松人变成"说松人"，瞿兴辉继续守护黄山，传扬迎客松的故事。

"我是北京奥运火炬手"

2008年5月30日下午2时，第十八任迎客松守护人徐东明永远记得这个人生的"高光时刻",北京奥运会火炬开始在世界著名旅游胜地黄山传递,他是第一棒火炬手。

"接过火炬高高擎起的那一瞬间,我身上的每一个细胞都充盈着活力。"徐东明回忆当时的场景,城市里到处都是迎风招展的五星红旗和五环旗,火炬传递沿线挤满了来自四面八方的群众,"中国加油"的口号声此起彼伏,所有人的目光都聚焦到他的身上,让他内心深处油然而生前所未有的光荣感与幸福感。

徐东明是黄山区焦村镇人。2003年,23岁的徐东明从技校毕业,听到要招防火队员的消息,从小就对黄山非常向往的他毫不犹豫地报了名,并很顺利地成为黄山当年招聘的30多位防火队员中的一员。2年后,黄山风景区管委会园林局要从防火队员中挑选一名迎客松守护人接替前一任守松人。徐东明当然知道迎客松的重要地位,更知道守松人的重要责任,他凭着年轻人的满腔热忱和不畏强手的拼劲,勇敢地毛遂自荐。

挑选守松人的标准是要有很强的责任心,要有较好的文化素养,要耐得住寂寞。黄山风景区当时有100多位防火队员,真可谓百里挑一。经过考核,这份殊荣最终垂青于徐东明,他成功地接过守松人接力棒,成为第十八任守松人。接到通知的当天,徐东明兴奋地往家里打电话报喜,告诉家中的母亲和当时热恋中的未婚妻,一家人感到无比光荣。

守护迎客松看似没有多大技术难度,却非常考验守松人的责任心。近5年时间里,徐东明晚上躺在约10平方米的值班室中,只要听到屋外大风吹动松枝的声音,他就机警地冲出去察看情况。遇到个别游客不遵守景区管理规定,做出试图伤害迎客松的行为,徐东明更能做出预判并及时制止。

2007年夏天的一个傍晚,一个同事告诉徐东明:一个外地游客在玉屏楼宾馆吃晚饭,席间对别人说他要在迎客松上刮掉一块皮,刻上"某某某到此一游"几个字,这样就可以出名了。一听这话,徐东明立刻警觉起来,可是等他赶到餐厅时,那个客人已经离开了。有人猜测这可能是客人开玩笑,让他别太当真。但徐东明并没有把这句话当成游客的玩笑话,万一是真的呢?他与同事在迎客松附近找了一圈,没有任何发现。天色渐黑,徐东明寸步不离地守在迎客松边上。

晚上9点多,在朦胧的月色中,一个人影从象鼻石往迎客松方向走来。徐东明警觉地迎上去,那人一见有人,掉头就跑,徐东明和同事赶紧冲上前去将其拦住。仔细询问下,此人承认他就是晚饭时说要刻画迎客松并预谋实施的人,其对黄山和迎客松没有什么意见,只是想通过一种极端方式发泄情绪,试图借助名气大的迎客松让自己迅速出名。

在徐东明和其他几位同事的劝说下，这名游客终于认识到自己想法的错误以及将由此产生的严重后果，他为自己的无知感到惭愧和自责。第二天下山前,这名游客特意在迎客松前留影,说要一辈子记住这个教训。

"如果当时对情况估计不足或者没有及时制止，不幸的事情就有可能发生。"徐东明说，"如果在我守护迎客松期间造成损失,我所担心的不是自己会受到处分,而是迎客松将受到损伤。正因如此,我对待工作必须十分小心,要尽量把事故隐患减小到零。"

2008年初，黄山风景区和南方大部分地区一样遭遇了50年一遇的冰冻雨雪恶劣天气。巧的是,徐东明的妻子谢玉萍的预产期就在天气预报所说的暴雪那两天。作为妻子,谁都想自己生产的时候丈夫能陪在身边,但谢玉萍早有心理准备,因为她知道,在徐东明的心里,迎客松比他的生命还要重要。

为了不让丈夫牵挂，谢玉萍打电话告诉徐东明:"你不用担心我，我妈和婆婆都陪在身边，你就是来了也帮不上忙。可是对迎客松来说就不一样了,你是最清楚它的情况的,这么关键的时候你当然不能离开它。"

接到这样的电话,徐东明更觉得愧对妻子,可那时是保护迎客松最关键的时候。徐东明虽然牵挂着待产的妻子,但他更担心迎客松。他一边安慰妻子，一边在心里压下了这件事，一句都没向领导提起。他从心里感激这个在娘家很娇惯的女子此时能这么通情达理。

暴雪来临之前，黄山成立了迎客松安全保护小组，组织了100多人的应急队伍到山下运毛竹给迎客松搭支撑架。作为应急队伍的一员，徐东明与其他成员一起背着风力器械除雪，用竹竿抖落树枝上的积雪，给迎客松减负、减压。大雪在不停地下，迎客松的枝丫在不断下垂！雪情就是命令！ 1月31日下午4时30分，毛竹全部运到位，搭支撑架的工作在继续。大家都顾不上吃饭，借着探照灯的光，全部投入紧张的施工中，灯光下，雪地里，抬的抬，锯的锯，搭的搭。到了晚上9点多，15米高的高架平台搭起来了，迎客松倒一枝及树干顶层各侧枝都得到有力的支撑！2月1日，暴雪提前一天到来，尽管迎客松树冠上堆着几十厘米厚的积雪，但由于准备充分，支撑有力，迎客松安然无恙。

暴风雪过去，黄山分外妖娆。徐东明看到迎客松依然张开双臂迎接八方宾客时，他的内心充满了兴奋。单位领导了解到徐东明的妻子正在医院生孩子，就命令他赶紧回家看望妻子。急匆匆赶到医院后徐东明才知道，女儿出生后，因为感染了风寒正在吊水。看着病床上的妻子和孩子，徐东明的脸上露出了欣慰而又歉疚的笑容。

女儿的名字徐璟是徐东明起的。他解释道:"我的妻子叫谢玉萍,'玉萍'与'玉屏'谐音;我女儿名叫徐璟,王字旁也叫斜玉旁,是玉屏峰的玉,'璟'与风景的'景'谐音。这很有意思,我在黄山的玉屏峰上守着宝贝迎客松,妻子谢玉萍在家里守着我们的宝贝徐璟。"

从2005年9月到2010年6月,徐东明守护迎客松4年多时间,在此期间和之后,他获得了第八届"江淮十大杰出青年"和"黄山市劳动模范"等称号。面对一项项令人羡慕的荣誉,徐东明却十分清醒地说:"这全是沾了黄山迎客松的光!美丽的黄山养育了我,黄山的领导和同事培养了我,'黄山松精神'激励了我,我要怀着一颗感恩的心,认真负责地做好每一件事。"

2010年7月,在黄山风景区的工作合同期满后,徐东明走下黄山,告别迎客松,自学考取了导游员资格证,成为一名光荣的导游。得益于守护迎客松时练就的良好体质和养成的敬业态度,他的导游事业做得风生水起,收获游客好评无数。每当带领游客来到迎客松前,看着郁郁葱葱、茁壮成长的古树时,徐东明都会不由得想起与迎客松相伴相守的日日夜夜,想起挥洒青春汗水的奋斗时光,然后骄傲地对游客说:"我也曾是一名光荣的守松人!"

给迎客松当"哨兵"

　　胡晓春说:"我这一生就干了两件事:一件是进部队当兵,一件是给迎客松当'哨兵'。"

　　胡晓春的家乡在黄山脚下的谭家桥镇。这是一块红色的土地,1934年7月,由红七军团组成的中国工农红军北上抗日先遣队曾在这里打响了著名的谭家桥战役。秀美的山水田园间流传着可歌可泣的英雄故事,滋养着一代代纯朴的乡民,塑造了人们坚强的性格和坚韧的品质。胡晓春就在这样的环境里出生、长大。

　　5岁那年,父母离婚,胡晓春便与父亲相依为命。在胡晓春的印象中,不苟言笑的父亲既吃苦耐劳又刚毅正直,对自己的关爱只是默默地付出,从不放在嘴上。成长过程中,胡晓春的性格养成受到父亲的很大影响。离开家后,无论在军营还是在黄山,在战友和同事眼里,胡晓春都是那种不耍嘴皮子功夫,只知道埋头苦干、任劳任怨的形象。

　　1999年,19岁的胡晓春参军入伍。战友张伟回忆说:"新兵训练期间,他话不多,执行力强,班长交代的任务,总能不折不扣地完成。"有一年冬天，连队官兵挖塘清淤。天寒地冻，泥塘里满是冰碴儿，胡晓春第一个蹚了进去。尽管冻得直打哆嗦，他还是挥起铁锹就开始干。深受感染的战友们纷纷走下泥塘，任务顺利完成。

黄山，是安徽的亮丽名片，也是胡晓春身上的闪亮烙印。战友们听闻胡晓春从黄山来，纷纷投来羡慕的目光，经常向他询问关于黄山美景和迎客松的问题。尴尬的是，胡晓春虽然出生、成长在黄山脚下，却从来没有登过黄山，更没有亲眼看过迎客松。每当胡晓春热情地把从家乡带来的土特产分享给战友，听到战友对自己家乡赞不绝口的时候，他的内心都会油然而生强烈的自豪感，随之而来的是对黄山和迎客松的向往。他期待早日登临黄山之巅，弥补心中的遗憾，亲手触摸山上的岩石草木，与闻名海内外的迎客松合影。

2005年12月，带着连续5年"优秀士兵"的荣誉，胡晓春光荣退役。部队的经历，锤炼了他能吃苦、敢负责的过硬作风。后来，他回忆难忘的部队时光，感慨地说："如果没有这段经历，我恐怕很难守护迎客松这么多年。"

走出军营的胡晓春打开了迈向社会的第一扇门，带着年轻人特有的对未来不确定的那种迷茫，南下打工，但他心里始终惦念着家乡的一山一水、一草一木，更放不下日渐年迈的老父亲。

没多久，亲友传来了黄山风景区招聘护林防火队员的消息，动员胡晓春回到家乡工作，他未加思索便果断报名。2006年，身材壮硕、条件优秀的胡晓春结束短暂的漂泊，顺利通过招聘考核，成为黄山护林防火专业大队玉屏小队的一名护林员，终于有机会登上了心心念念的黄山。

登上黄山第一天，胡晓春穿上藏青色的工作服，仿佛找回了第一次穿上军装的悸动。双脚踩在一级级山道上，双手抚摸着质感粗糙的岩石，放眼望去，满目苍翠。"猴子观海""梦笔生花""童子拜观音"……那一处处从幼年起便从亲朋好友绘声绘色的描述中熟悉的景致，一帧帧跳入眼帘，印在脑中，胡晓春内心的激动难以言表，仿佛亲自用颤抖的双手打开了一幅珍藏许久的名画。

"快看！迎客松！"行至玉屏景区，不知谁喊了一句，大家的目光齐刷刷地向队友指引的方向聚焦。啊，这就是他魂牵梦萦的迎客松啊！胡晓春默默念叨着，忍不住快走几步向前，仔仔细细端详。历经千年风雨，面前的古松依旧挺拔，伸展着苗壮的苍枝，仿佛一位精神矍铄的老人，热情地张开臂膀，欢迎刚加入黄山大家庭的新兵。迎客松有多高？现在健康状况怎么样？每天有多少人前来参观？……一个个问号不断地从脑海里蹦出来，胡晓春一时有些恍惚，没想到幸福来得如此突然。

"别激动，以后天天都能见到迎客松！"老队员的喊话催促着大家前往下一个景点，也打断了胡晓春的思绪。他极不情愿地挪动着脚步，又依依不舍地不断回望着迎客松，心里暗暗立下誓言，要用生命守护黄山，守护"国宝"迎客松。

护林防火队员并不轻松，不是坐在办公室里接接电话、喝喝茶水，而是每天要翻山越岭在高山狭道、山间林路、林间小道上巡护。胡晓春作为土生土长的黄山人，虽然没少走山路，但刚开始跟着老队员巡护时，黄山陡峭的台阶、坚硬的路面还是让他吃了不少苦头。一天下来，腰酸、腿胀、脚疼是每个队员的"必修课"。一不小心，磕破膝盖、磨破手掌也是常有的事。"一次巡护下来有6公里路程，一年下来要行走差不多2000公里。"胡晓春掰着手指头一算，自己都吓一跳。

"出门一把抓，进门再分家。"防火队员除了履行巡护山林的本职工作，作为景区的一员，跨行揽活也是家常便饭。劝阻抽烟的游客，随手捡拾游客丢弃的垃圾，协助分流疏散拥挤的游步道……1年下来，胡晓春感觉自己不再是一名简单的防火队员，而是一名事事操心的"护山保姆"。

"胡晓春刚参加工作那会儿，性格毛躁，但是有责任心，敢于担当。"黄山风景区管委会园林局玉屏管理区园林管理所所长、防火中队中队长张永苗说，见到胡晓春第一面，就对这个壮硕的小伙儿印象深刻。

张永苗生于1974年，在黄山脚下开了9年值班车后调岗上山，与胡晓春一同进入防火队，两人共事10余年，亲切地互称"苗哥""春哥"。但他毕竟年龄比胡晓春大，参加工作比胡晓春早，作为老大哥，时常叮嘱胡晓春要粗中带细，尤其在用毛竹支撑松树枝干的时候，不要用蛮力过快过猛地顶起枝干，而要注意与同事配合，慢慢撑起枝干，防止损伤松树表皮。这一切，胡晓春听在耳里，记在心里。

防火队员普遍年轻，很容易打成一片。大家在山上巡护1年多时间，胡晓春不仅和很多同事成为好朋友，也渐渐熟悉了黄山这位老朋友。当他一遍遍走过傲然挺立山巅的迎客松时，他更期待和这位"老人"成为新朋友。

胡晓春上山的时候，第十八任守松人徐东明驻守约10平方米的值班室已经1年多时间，每日里巡查迎客松的生长状况，认真记录《迎客松日记》。守松人与防火队员同在黄山风景区管委会园林局玉屏管理区，大家每日朝夕相处，同吃同住同劳动，既是同事，又是朋友，小小的值班室也成了防火队员歇脚的地方。

在空闲的时候，胡晓春就走进迎客松值班室里坐一坐，和徐东明聊聊天，听他讲述迎客松的故事、守松人的故事。"感觉守松人工作很轻松啊。"胡晓春看到徐东明貌似悠闲的工作状态，忍不住提出自己的疑问。徐东明认真地说道："那是因为你没有经历日复一日的单调、长年累月的孤独，也没有经历极端恶劣天气下惊心动魄的守护。"胡晓春听到徐东明的解释，心里似懂非懂，但不久就有机会体会到迎客松守护人的辛苦、责任。

2008年初，一场罕见的暴雪袭来，黄山上覆盖着厚厚的皑皑白雪，迎客松迎来生死时刻，亿万人为之牵挂。守护黄山松，刻不容缓！上山1年多时间的胡晓春亲身投入这场与时间的赛跑中。

迎战暴雪

2008年1月13日晚，黄山之巅，飞雪稍歇。守松人徐东明走出值班室，积雪已和脚面齐平，一脚踩在地上便是一个深坑。他仔细绕着迎客松观察一番，确定没有隐患后，走到值班室门口，用力跺跺脚，除掉鞋上的白雪，然后跨进去，关上门。

由于担心影响迎客松的生长，值班室没有安装空调，在这个雪夜异常湿冷。徐东明搓了搓冻僵的双手，打开柜子，

取出笔记本,略微思考,开始书写今天的《迎客松日记》:

> 2008年元月13日,星期日。今日冻雨、小到中雪,
> 风力3—4级,气温-40—-10℃。

每天的《迎客松日记》都是从记录天气开始的。这是进入新年的第一场雪,山上的风往往比山下凛冽许多,徐东明不免神经紧张,每隔一会儿就走出值班室,看看雪情对迎客松的影响。好在这一天有惊无险。昨天树上已结有雾凇,今天雪下了一下午,傍晚时分,迎客松倒一枝有下垂现象,徐东明随即与小队长王维刚一起用风力灭火机对倒一枝除雪,减轻了倒一枝的压力。

护理迎客松是有技巧的。雪刚落到树上,还没有结冰的时候,可以用毛竹顶住树枝将雪轻轻地抖掉,或者用风力灭火机把落在松枝上的雪轻轻地吹掉,还可以用动力喷雾机以喷水冲刷的方式促使雪尽快融化。迎客松上的雪一旦结冰,就不能再用竿子敲打了,否则松树的树枝和松针就会受损。这时,搭起架子撑住每一根树枝是唯一的办法。

“元月14日,晴转小雪”“元月15日,小雪”“元月16日,小雪”“元月18日,小到中雪”“元月19日,中等雨夹雪、冻雨”“元月20日,中等雨夹雪、冻雨”……接下来的几天,雨雪一

日 常 工 作 记 事

值班人 徐东明　2008年 元月 29日　星期二 天气 雪

今日暴雪，风力2-3级，气温-12~-3℃，相对湿度100%。

黄竹竿支撑下树枝下垂了情况好多了，但其他枝仍下垂严重。

上午，褚书记、许书记到玉屏现场，与驻点领导一起研究制定迎客松下一步保护方案。这也、继续组织队员从山下运毛竹上山。

值班人

下午、李局长指挥大家对昨夜撑起的毛竹进行了校进。另利用现有的毛竹又撑起几根树枝。

领导们研究决定，在倒一松下方搭起竹架用来支撑倒一松。随后组织、防火队员、职工工人、综治队员、武警等单位人员运毛竹。

记事人：徐东明

第　　页

2008年元月 29 日《迎客松日记》 黄山风景区管委会 提供

日也未停歇,徐东明每天记录着天气情况,观察着迎客松。雨雪一天天大起来,他的精神也越发紧张。

1月27日,中央气象台发布暴雪红色预警;1月28日,中央气象台继续发布暴雪红色预警。红色预警,这是暴雪灾害的最高等级!中国的广大南方地区,正在遭受一场几十年未遇的强降温、降雪和严重冰冻天气!

积雪是迎客松的大敌,轻则压断枝丫,重则压折树干!面对极端恶劣的天气,黄山风景区早早地迅速行动起来!管委会成立防雪抗灾指挥部,启动《恶劣天气应急预案》和《预防雪灾预案》,并专门成立了由管委会党委书记挂帅的迎客松安全保护小组,按照"科学有效、安全可靠、全天候除险"的原则制定了保护方案,24小时不间断地观察并护理"国宝"迎客松。

1月28日上午,徐东明发现迎客松倒一枝小幅下垂,冠顶树枝下垂严重,立即向迎客松安全保护小组当班的管委会园林局温泉区主任钱阳平汇报。钱阳平迅速组织大家给冠顶树枝除雪,他发现用毛竹撑住下垂严重的小枝效果很好,因为毛竹有弹性,不会损伤松树。当天下午,迎客松安全保护小组主要领导全部进驻玉屏楼,非常肯定用毛竹撑住下垂松枝的做法,考虑到当晚雨雪可能提前抵达,当即指挥大家连夜为迎客松搭建支架。

　　迎客松身躯硕大,一二十根毛竹哪里够用?山上没有毛竹怎么办?那就从山下运!100多人的应急队伍迅速组织起来,从综治队员到防火队员再到环卫人员,每个人都感到肩上扛的不仅是沉甸甸的毛竹,还是守护迎客松的希望、保护"国宝"的责任。胡晓春就是其中光荣的一员!

　　1月29日,暴雪;1月30日,中到大雪。黄山地面积雪近70厘米,低洼地和风口处的积雪有一人多高。山崖上的雪积得太厚了,往下滑落,形成一座座小雪山。陡峭的悬崖,垂下一条条长长的冰凌,像一柄柄寒光逼人的利剑。

　　"1月28日晚上7点多,我们接到指令,从慈光阁向山上运毛竹。天已经很黑了,积雪没过膝盖,游步道早就看不到了,一旦踩空滑出去,后果不堪设想。大家顾不上吃饭,也顾不上害怕,全部打着手电筒,摸黑抢运毛竹。"胡晓春后来回想起来,心脏在胸腔里忍不住怦怦地加速跳动。

　　刚从雪堆里刨出来的毛竹就像一根雪柱,上面结满了冰。"大家一边除雪,一边扛运毛竹,深一脚浅一脚地艰难地向迎客松靠近。每根毛竹都有八九米长,滑溜溜的。扛在肩上,即使在平路上行走也很困难,更何况走在湿滑的山路上,一不小心跌倒,半天爬不起来。"胡晓春一遍遍地对自己说:谁叫咱是党员?谁叫咱是老兵?危急关头就该冲在前面!

　　15里的弯曲山道,训练有素的防火队员平时一路小跑上去仅需半个小时,现在爬上去一趟要两三个小时,衣服外面是一层冰,衣服里面是一身汗,真是又饿又累又冷,但没有一个人叫苦叫累。胡晓春怀里抱着毛竹,肩上扛着毛竹,每当爬到山顶,看到积雪压顶的迎客松时,他的心里既紧张不安,又充满希望。

争取时间,就是为迎客松续命!一根、两根、三根……一根根毛竹从山下运到玉屏楼,再送到迎客松脚下。从1月28日到1月31日,经过四天奋战,120多根毛竹运送到位!与此同时,迎客松脚下,大家一刻不停地冒雪搭建着支撑架。借着探照灯的光,从景区领导到基层职工,全部参加到紧张的施工中。灯光下、雪地里,抬的抬,锯的锯,搭的搭,一层、两层、三层……到1月31日晚上9点多,架子终于搭起来了,足足有近五层楼高!

迎客松的每一根树枝都得到了足够有力的支撑,在冰雪中岿然不动,依然骄傲地张开臂膀。这是胡晓春第一次亲身参与保护迎客松的战斗,看着周围那一张张轻松的笑脸,他那颗惴惴不安的心终于平静了下来,胸膛里洋溢着激动与自豪。正是这些嘻嘻哈哈开玩笑的队员,正是这些平平无奇的普通同事,在冰雪肆虐的时候,没有一个人请假,没有一个人退缩,他们为迎客松抵住了冰雪侵袭,为黄山守住了苍翠,为中国守住了瑰宝。胡晓春第一次真切地感受到黄山

胡晓春冒雪运输毛竹，为迎客松搭建支撑架   黄山风景区管委会   提供

松的价值、黄山人的责任、守松人的使命。

　　"吃得了苦，经得住考验！"徐东明对胡晓春的表现赞许有加，没想到这个刚上山1年多的兄弟在如今恶劣的条件下，在如此紧迫的任务中，竟然没有叫一声苦，没有喊一声累，憨憨的笑容感染着其他防火队员，鼓舞着团队的士气。

2008年2月1日,星期五,暴雪

今天大到暴雪,风力1—2级,气温-8—-3℃。

迎客松所有的下垂枝都得到了有力支撑,但冠顶一枝由于积雪过多,支撑竹竿出现大幅度弯曲。李局长迅速组织大家用一根粗的竹竿撑住了此枝,确保它的安全。

晚上,队员们轮流值班,每2小时向管委会领导报告一次。

2008年2月2日,星期六,大到暴雪

大到暴雪,风力1—2级,气温-8—-2℃,相对湿度22%。

方主任、李局长等领导在此值班,安排人员密切注意迎客松的情况。

凌晨3点多,雪停,迎客松有的枝上已堆雪如山,而迎客松却安然无恙。

凌晨5点多,停电了(后了解是积雪过多,电线结冰,铁塔变形,导致停电)。

全天都密切关注迎客松,迎客松情况良好。

2008年冬雪,迎客松安全保护小组为保护迎客松搭起了五层楼高的支撑架

黄山风景区管委会　提供

2008年2月3日,星期日,晴

晴天,微风,风力1—2级,气温-9—-5℃。

迎客松上的冰雪开始融化,至下午,倒一枝上的积雪化了大部分,冠顶积雪化了一半。

全天密切关注迎客松,情况很好。

2008年2月4日,星期一,晴

晴到多云,风力1—2级,气温-8—-2℃。

迎客松倒一枝上的积雪化了很多,倒一枝无明显下垂,冠顶还有部分积雪,部分小枝略有下垂。

迎客松上已没有多少积雪了。

……

春节一天天临近,天气一日日转晴,迎客松上的积雪一点点融化,徐东明记录日记时的心情也一天天放松。迎客松平平安安地度过了罕见的冰雪严寒天气,和忙忙碌碌的黄山人一起迎接春节。

2月7日,大年初一,和煦的阳光洒在黄山的每一个角落,景区内处处张灯结彩,喜迎新春。蔚蓝的天空下,迎客松苍翠的枝头上点染着些许残雪,挺拔的身姿散发着无限魅力。当天南海北的游客来到玉屏楼,亲近迎客松时,他们发现这棵世界名松仍然被结结实实的支架稳稳当当地"搀扶"着,意气风发地笑傲寒风。谁能想到,刚刚过去的几天里,迎客松经历了怎样惊心动魄的时刻,黄山人付出了怎样英勇无畏的努力!

此时的胡晓春还没有心思和游客一起欣赏这无边风景,甚至没有时间走下山和父亲一起欢度春节。黄山上的积雪没有完全清除,其他古树名木的保护任务依然迫在眉睫。送客松、黑虎松、竖琴松、连理松……一棵棵古树和迎客松一样,无时无刻不牵动着黄山人的心。胡晓春和其他防火队员一起抢时间运物资,迎风雪搭支架,没日没夜仔细巡查排险。"这场恶劣冰雪天气持续了27天——18天雪,9天冻雨。我们从山下靠肩扛手抱往山上运了570多根毛竹、12立方米木料、2.46吨钢筋铁丝等物资。"胡晓春说。

2月12日,戊子年春节假期的最后一天,黄山风景区阳光明媚,在皑皑白雪的映衬下分外迷人。原国家旅游局局长邵琪伟率慰问检查组到黄山风景区检查指导工作,了解到黄山人抗击风雪保护古树名木尤其是守护迎客松的经历,不禁竖起了大拇指。他感慨地说:"如果不是看到你们留下的资料和这些刚拆下的支撑架,黄山几乎看不到受灾的痕迹。在这场抗击暴风雪的战斗中,你们立下了汗马功劳!"

"海葵"来了

冬归春来,夏去秋至,一年又一年倏忽而过。在黄山守护人的精心呵护下,游客眼里的迎客松总是挺着健壮的腰杆,张开热情的双臂。但在守松人的日记里,迎客松悄悄地换下一根根枯黄的松针,静静地画出一圈圈细微的年轮,每一天都以崭新的面貌迎接五湖四海的游客。

转眼间,胡晓春已在黄山风景区工作3年了,双脚几乎踏遍了山上每一级步道,两眼几乎看遍了山巅上每一棵名木。但是,每当经过玉屏楼时,他的双脚还是忍不住在迎客松前停下,两眼还是一遍遍打量着享誉四海的迎客松,心里对约10平方米守松人值班室的向往也在一天天潜滋暗长。

机会来了! 2009年,黄山风景区为了增强迎客松保护力量,准备给守松人设置B岗。"我能行吗?"胡晓春怀着一颗忐忑不安的心,勇敢地提出守护迎客松的申请。面对众多实力强劲的老队员,他感受到了沉沉的竞争压力。

机会总是留给有准备的人!在防火队员岗位上的3年里,胡晓春一次次认真巡山,一天天刻苦演练,每一天都不曾虚度光阴。阳光晒黑了白净的皮肤,山石磨砺出双手的茧子,黄山完全接受了这个壮硕的年轻人,景区充分认可了这个能吃苦、肯负责的小伙子。"胡晓春具有老兵的责任感、荣誉感。""胡晓春性格沉稳,耐得住寂寞。""胡晓春身体素质好,能适应艰苦的环境。"……在黄山风景区领导和同事的一致认可下,胡晓春顺利通过选拔、考核,如愿以偿地站上了守松人B岗,当上了第十八任守松人徐东明的徒弟,成为守松人值班室的正式成员。

当以守松人的新身份第一次迈进约10平方米的值班室时,胡晓春的大脑里一片茫然,感觉眼前熟悉的家具摆设、办公设备忽然变得异常陌生。如何察看迎客松的生长情况?怎样检查迎客松的保护设施?哪些紧急情况需要及时上报?……看事容易做事难,一个个问号在胡晓春的脑海里萦绕,让他的心弦绷得紧紧的。

"不着急,慢慢来。迎客松在中国乃至世界的自然文化遗产中占有非常重要的地位,守松人对景区乃至全国人民都负有重要的责任,每一分每一秒都马虎不得。"师父徐东明一边安慰这个熟悉的新徒弟,一边提出了严格的要求。他向胡晓春推荐几本关于黄山和迎客松的书,走到迎客松下讲解观察树体生长的要领,打开柜子介绍《迎客松日记》当中记录的规范。胡晓春像个刚进入校园的小学生一样,竖起耳朵认真听着,清空大脑仔细记着,肩上不由自主地感觉到沉甸甸的重量。

新的岗位发出了挑战,但勇敢的老兵从容不迫地应战。只有高中文化的胡晓春深知,只有努力补充文化知识储备,才能胜任守松人岗位。他找来徐东明推荐的图书,并给自己制订学习计划,每天必须读2个小时的书,每季度写下不少于3000字的读书笔记。每当他挑灯夜读的时候,屋外的迎客松就像一位伴读的老者,陪伴他了解这片名山、这些名木流传千年的故事传说。他时常翻阅徐东明记录的《迎客松日记》,从一篇篇细致而翔实的文字中读懂守松人的苦乐,也更加坚定了守护千年迎客松的决心。胡晓春终于在较短的时间内掌握了迎客松日常守护、监测、巡护等的基本要领。

"胡晓春悟性好,适应快,责任心强,完全胜任守松人岗位!"徐东明对徒弟的信任一天天增加,在自己休假的时候,放心地让胡晓春单独值守迎客松,大胆地请胡晓春记录《守松人日记》。

铁打的值班室,流水的守松人。2010年6月,徐东明结束4年9个月的任期光荣转岗,依依不舍地告别守松人值班室。次月,而立之年的胡晓春接过师父留下的望远镜、放大镜,捧着师父递来的《迎客松日记》,正式接棒成为第十八任迎客松守护人B岗,并于次年6月,成为第十九任迎客松守护人。

约10平方米的值班室成了胡晓春独守的小家。每天清晨,阳光还没有洒到迎客松树顶,胡晓春就早早地起床,走到迎客松下绕一圈,仰头看看松树的主干、枝条、枝丫,检查支撑架是否坚固,踩踩脚下松针覆盖的泥土。然后,他回到值班室,翻开《迎客松日记》,从天气情况开始,记录新的一天第一个时段的日记:"查看迎客松树体,主干,各枝条、枝丫,冠顶,冠幅,支撑架,及周边的环境、植被、水土流失方面,无积水,无明显水土流失,无异常。"

一个人,一棵松,一夜夜,一天天,说不孤独是假的。事业稳定的胡晓春也渴望着在山下成立自己的小家。爱情,恰在这个时候向他慢慢地靠近。老家谭家桥的乡亲见胡晓春仪表堂堂、工作稳定且责任心强,便撮合自己的外甥女张雪红与他相识。

张雪红的家在美丽的宏村。这座千年古村和黄山迎客松一样,是安徽的亮丽名片,素有"画里乡村"之美誉。红红火火的旅游业提升了宏村的知名度,更带来天南海北络绎不绝的游客。张雪红是独生女,却不娇生惯养。父母在村外竖起了"宏村烧烤"的招牌,她便起早贪黑帮助打理生意,烧烤店在村中渐渐声名鹊起,不少住宿宏村的游客常常慕名而来,品尝美味。

青山秀水滋养,人文气息熏陶,徽州女人天生有着朴素大方的气质和吃苦耐劳、知书达理的品质。胡晓春看到张雪红第一眼，就爱慕上了这个典型的徽州女人；张雪红对敦厚老实的胡晓春也心存好感。"刚谈恋爱那会儿，为了见面约会，胡晓春专门买了一辆摩托车。"回想起两个人刚刚接触时的美好时光，张雪红依然记忆深刻，没想到这个不善言谈的青年却满腔浪漫。

恋爱的时光总是过得那么快，胡晓春时常会向恋人讲述黄山和迎客松的故事，讲述2008年暴雪封山时自己和同事从山下抢运毛竹的经历，讲述守松人的酸甜苦辣。张雪红在倾听中感受到迎客松的重要意义，感受到胡晓春特殊的工作职责，慢慢认可这是个能够托付终身的人。最终，胡晓春和张雪红顺理成章地步入了婚姻的殿堂。

由于胡家老宅是古民居，不便作为婚房，两人刚刚结婚时不得不住进胡晓春大伯家的房子，但通情达理的张雪红一点也没有怨言。在她心里，只要和胡晓春在一起便人生圆满。婚姻并没有带来长相厮守的生活，胡晓春和张雪红一个在山上守护迎客松，一个在宏村帮助父母打理生意，两人总是聚少离多。"我看中的是胡晓春这个人，无论吃多少苦、受多少累，我都站在背后支持他。"张雪红说。

有爱的家，日子总是甜如蜜。相爱的人，不在朝朝暮暮的长相厮守，而在长长久久的相互扶持。2012年夏，胡晓春和张雪红迎来了女儿的诞生。怀孩子的时候,张雪红身子骨弱,浑身浮肿,女儿早产,生下来才4斤4两。怀抱着娇弱的女儿,胡晓春既欣慰又心疼,但他的心里还有放不下的重任——守护迎客松!

每年夏季,太平洋上的热带气旋常常带来暴烈的台风,狂怒的大风、倾泻的雨水有时会给内陆带来严重的气象灾害,对高山之上的古树名木而言更是灭顶之灾。每当这个季节,黄山守护人总是绷紧每一根神经,时时关注气象变化,紧紧盯住台风迹象,对迎客松更是进行24小时看护。

2012年8月1日,热带气旋在西北太平洋洋面上生成;8月3日,热带气旋升格为热带风暴并被命名为"海葵",迅速向我国大陆方向移动……最令人揪心的台风就要到来了!

迎客松保护设施到位了吗?代班的同事不会睡过头了吧?这几天的《迎客松日记》不会漏记了吧?一头牵挂着襁褓中的女儿,一头挂念着即将迎战暴风雨的迎客松,胡晓春的心里不免焦虑起来。此时身体虚弱的张雪红察觉到丈夫的异样,知道认真负责的胡晓春心里对迎客松的牵挂,便说:"你回山上吧。这里有我、爸妈、公公,可以照顾好女儿。"胡晓春感激地望着妻子,心里堆起了满满的愧疚。

女儿尚未满月,胡晓春便回到黄山之巅,一头扎进了值班室。此时,台风"海葵"开始逞威,近中心最大风力在10级

以上,台风边缘逐渐影响大陆沿海地区。8月7
日,15时30分,景区启动三级应急预案;18时,
黄山旅游气象台发布雷电黄色预警;18时50
分,黄山旅游气象台变更为雷电红色预警!黄
山风景区成立迎客松应急保护分队,对"海
葵"严阵以待。这是胡晓春担任守松人以来,
第一次面对重大挑战!

　　"傍晚:17时—20时,多云转中雨转小雨、
雾, 风力5—6级, 阵风10—11级, 温度16—
18℃,相对湿度99%。夜间:20时—08时,小雨
转多云转中雨、雾, 风力5—6级, 阵风9—10
级,温度16—18℃,相对湿度100%。"屋外,狂
风裹着暴雨打到迎客松上,听不出是风声、雨
声还是松枝摇摆声;屋内,胡晓春记录《迎客
松日记》的手随着紧张的心不住地颤抖。

　　白天,胡晓春详细全面地检查了防雷系
统,提前做好了应急物资准备,如安全绳、灯
具、铁丝、老虎钳、麻袋、雨具等。同时,他提前
将迎客松平台的临时护栏安装好, 在迎客松
保护区内安置护磅, 在青狮石岩体下方铺垫
雨布和麻袋。从傍晚到夜晚,管委会和管委会

胡晓春在进行日常巡护　黄山风景区管委会　提供

园林局主要负责人多次来电询问和了解迎客松情况，一遍遍叮嘱24小时值班、应急保护分队随时待命。

这一夜，胡晓春没有合眼。每过一段时间，他都要打开值班室的门，迎着呼啸而来的风雨，打着手电走到迎客松下观察一番，就像照顾生病住院的亲人。亲人？想到这里，胡晓春的心脏仿佛被猛地揪了一下。虚弱的妻子恢复了吗？孱弱的女儿还健康吗？胡晓春不敢想，却忍不住想。

更严峻的考验到来了！8月8日，"海葵"登陆，中心到达皖南地区。黄山之巅，狂风呼啸，雨倾如注，迎客松开始产生大角度的摆幅。胡晓春的心跳到了嗓子眼，每隔一段时间便向相关负责人报告迎客松的情况。19时20分，玉屏管理区三级应急预案升级到二级应急预案，与古树名木保护专家联系获得技术指导，并以文字形式形成了《迎客松防台风应急拉纤方案》，报管委会园林局审批后，立即组织实施。

拉纤是防止迎客松因风力过大，枝条大幅摆动甚至折断的最好方法。狂风暴雨中，胡晓春在迎客松倒一枝需要牵拉的部位用棕毛、麻袋包裹，然后紧紧捆扎，防止牵拉操作时损伤树皮和枝条。一阵疾风吹来，胡晓春身体猛地摇摆，脚下打滑，一个趔趄，险些摔倒。迎客松倒一枝距离地面两三层楼高，一旦跌下去，后果不堪设想。胡晓春顾不得害怕，将宽型尼龙吊装带绑到倒一枝上，等到狂风减弱，树枝停摆，急忙将纤绳的另一头缠绕到护栏上。

东南方向2处，西南方向4处，西面1处，三四个小时过去了，胡晓春和其他应急队员一起用7根纤绳稳稳地牵拉着迎客松倒一枝。无论上下还是左右，这根"大手臂"摇摆幅度都在安全范围内。此时的胡晓春才发现，自己虽然穿着雨衣，但身上已然湿透，鞋子里灌满了雨水，再看看同事，哪一个不是落汤鸡一般？但是看到迎客松得到妥善的保护，大家紧张的心情平静了下来。

接近凌晨了，胡晓春回到值班室，准备换下浸透的衣服、鞋袜，忽然发现漏接了妻子的好几个电话。电话恰好又打过来，胡晓春立即按下接听键，那头传来张雪红声嘶力竭的呼喊，原来女儿因高烧引发肺炎，正在医院打吊水。出生不到30天的婴儿肢体的静脉血管不明显，只能通过头皮静脉血管输液。女儿痛苦的哭声通过话筒传进胡晓春的耳朵里，一声声如重槌撞击着鼓膜、敲打着心脏，这个初为人父的汉子身体忍不住颤抖起来。

"你能回家看看吗？"张雪红略带哭声的请求，将胡晓春震了一下。此时此刻，"海葵"肆虐，迎客松刚刚渡过危机，自己作为守松人，哪里能轻易离开岗位呢？没有第二个方案可以选择，胡晓春只能红着眼睛在电话中向妻子耐心解释。最后，还是张雪红妥协了。"那你待在山上吧，这里有我、爸妈和公公,放心,没事!"张雪红坚强的态度,让胡晓春心疼得瞬间流出了热泪。

这一天,迎客松处降雨量达到惊人的406.6毫米。这一夜,胡晓春无法入眠,一半是因为定时巡查迎客松,一半是因为妻子和女儿。"对不起,雪红!对不起,女儿!"胡晓春在心里一遍遍自责,一次次道歉。他多想回家陪陪妻子、抱抱女儿啊,但是形势如此严峻,作为老兵怎能临阵退缩?作为守松人怎能推卸责任?胡晓春默默祈祷,祈祷妻女平安健康,祈祷迎客松安然无恙。

紧张的一夜过去了。8月9日,黄山之巅风力弱了,雨水小了,天气预报说"海葵"正在逐渐减弱,气焰嚣张的台风在守松人面前彻彻底底地落败了。6时30分,胡晓春早早爬起来,将昨晚的7根牵拉纤绳一一解开,防止麻袋磨损。中午,他又把防台风的各种物资运往护林房。

8月10日,山上雨水不止,风力却只有2—3级。早上8点多,黄山旅游气象台发布暴雨红色预警信号,未来12小时内景区强降水仍将持续,因此,胡晓春一点也不敢掉以轻心。轻盈的风不时拂过迎客松的枝条,抖落松针间浸满的雨水,重量减轻的枝条随之轻轻地弹起。胡晓春通过电话得知,女儿的病情已经大大好转,这让他沉闷而紧张的心情就像随风轻舞的枝条一样,慢慢放松下来。

　　8月11日14时50分,黄山旅游气象台发布解除暴雨红色预警信号,台风"海葵"的影响基本结束。胡晓春和同事一起拆除了迎客松倒一枝上捆绑的防护麻袋,并调整了受天气影响而发生位移的迎客松1号、2号、3号支撑架。"查看迎客松树体,主干,各枝条、枝丫,冠顶,冠幅,支撑架,拉索,防雷及周边环境、植被、水土流失方面,无积水,无异常。查看保护区内排水系统并疏通,还对青狮石岩体下方各处检查,无异常。查看玉屏楼排污管道、垃圾分拣场、天池水体、支撑杆件储藏库及周边,无异常……"这一天,看着《迎客松日记》里写下的一句句"无异常",胡晓春感到无比畅快。

　　带着迎客松平安渡过"海葵"的喜悦,带着对女儿健康的无比牵挂,带着对坚强妻子的无限感激,胡晓春终于走下黄山,急匆匆地赶回家。抱着安睡的女儿,望着疲惫的妻子,胡晓春既深感愧疚,又满心幸福。

守望"老爷子"

　　白天人山人海,晚上几无一人,这是迎客松的荣耀与落寞,也是胡晓春走进守松人值班室以来体验的喧嚣与孤独。

胡晓春守望"老爷子"
黄山风景区管委会　提供

日子一天天过去，最初的新奇感被流逝的岁月无情打磨，年复一年的枯燥值守消磨着年轻人的耐性。寂寞的夜晚，胡晓春卧听松涛，常常在想：如果不担任守松人，自己的状态会怎样？花费这么大人力、物力守护一棵松树值得吗？直到有一天，一位远道而来的老年游客改变了胡晓春的想法。

2013年初夏的一个夜晚，皎洁的月光洒在迎客松上，就像给千年古松披上了一层银纱。胡晓春正在给迎客松做常规监测，不知不觉间一位住宿在玉屏楼宾馆的老人拄着拐杖来到迎客松前，静静地驻足，欣赏着月色松影。

"你看，迎客松像不像一位饱经风霜的老人？"老人突然的问话将胡晓春吓了一跳。经过交谈得知，这位老人来自深圳，年逾古稀的他到访过祖国的很多名山大川。在他看来，迎客松的树形酷似一根拐杖，上擎苍天，下接山脉，顶天立地的英姿支撑起八百里黄山，守护着这里的奇峰秀水、花草林木。

"正是迎客松赋予了黄山灵性。"夜色渐深，老人离开了，他的独到阐释却深深震撼着胡晓春。站在老人驻足的地方，胡晓春细细打量这棵熟悉的参天巨树，一时若有所悟。此后近1个月时间里，夜深人静的时候，胡晓春都会独立于迎客松前，一遍遍欣赏，一次次体会，越来越能感受到眼前这棵松树的与众不同之处。可不是吗？迎客松多像一位令人尊敬的长者，一个日夜守望八百里黄山的老者，一个千年守护黄山生灵的守护神！

"我要去守护'老爷子'啦！"家人和同事忽然发现，胡晓春对迎客松的称呼变了。"老爷子"，多么亲切的呼唤！在胡晓春看来，迎客松不仅是一棵因大自然的鬼斧神工而享誉世界的树木，而且是自己必须用生命守护的亲人。

从此，胡晓春感觉自己的工作状态不一样了，按部就班的工作不再那么单调乏味。"虽然工作内容没有变，但是当你的想法改变了，再带着感情去观察迎客松的时候，心情就不一样了，看到的情况也和别人不一样了。"胡晓春讲述着自己的体悟，他从迎客松黄绿变换的松针中看到了生命的律动，从花开果落的季节交替中明白了人生的意义，从顶风傲雪的伟岸身姿中读懂了蕴含的精神。

"持平常心，做本分事，活在当下。"这是胡晓春在守松人值班室的无数个孤独长夜里慢慢悟出的哲理。是啊,平实安稳才是最好的状态,岁月静好才是最好的生活。享寿千年的迎客松的平安生长是守松人最美好的期盼,延年益寿是对守松人最荣耀的嘉奖。然而,变幻莫测的大自然总是不经意间打破守松人的愿望,用一次次艰难险阻考验守松人的毅力与执着。

2018年1月24日一大早,黄山旅游气象台发布重大气象信息专报:全市将迎来持续低温雨雪冰冻天气!从1月24日至28日,冻雨、大雪、中雪接踵而来,黄山千里冰封。据黄山旅游气象台观测,黄山5天总降雪量10.3毫米,降雨量4.5毫米,最大积雪深度80厘米,最低气温-12.9℃。"这是黄山市气象站自1955年建站以来,观测到的最严重的冻雨!"黄山市气象站站长、工程师吴永泽发出了警告。蓝色预警、黄色预警,连续的冻雨、暴雪、道路结冰警报,一次比一次急,一次比一次紧,一次次撕扯着黄山的神经。

冻雨之后,被冰冻的松针最大直径达1.5厘米,一根松针就有一根手指那么粗。一时间,许多小的黄山松不见了,一棵棵黄山松变成了一坨坨冰,它们成了"冰豹""冰熊""冰虎"……莲花峰变成了"冰莲",九龙峰变成了"玉龙"。1米导线结冰后重5.12千克,单位体积重量相比2008年增加了65.16%。严重的冻雨,造成树木枝干承载压力大幅增加,竹木大量倒伏,古树名木保护工作面临空前压力。

经历过2008年暴雪,胡晓春明白冻雨对迎客松意味着什么,那将是又一场与时间赛跑的生死考验!相比低海拔区域,地处玉屏楼的迎客松遭受冻雨的形势更加严峻。迎客松针叶呈碗口状张开,针叶间缝隙小,极其容易造成冻雨、雪花积存。松树顶部枝叶虬结平密,树冠如幡似盖,平顶又偏冠,积冰面积大。"冻雨如果凝结在枝梢上,不能敲打除冰,否则就会造成枝梢损伤甚至折断。"胡晓春深吸一口凉气,稍稍平复紧张跳动的心脏,默默祈祷"老爷子"能够顺利渡过此次危机。

相比10年前,经过多年发展,如今迎客松保护更加科学。2010年以来,黄山风景区相继与安徽农业大学、南京林业大学等院校合作开展了"迎客松抗破坏能力评估与测力系统研发""黄山松空洞无损探测及腐朽防治研究"等科研项目;2011年,为改进抗冰雪支撑杆撑头工艺,研发制作了U形和T形新型弹簧撑头;2015年,研制迎客松倒一枝新型双向弹性支撑杆……胡晓春见证着一项项科技成果落地,一个个专利得到应用。与此同时,迎客松保护范围内铺设起玻璃纤维格栅板,迎客松保护设施防雷系统实现升级,迎客松区域还加装了专用监控设备及红外线入侵报警装置。

科技成果的应用丝毫没有减弱守松人的作用,相反,对守松人的业务技能提出了更高的要求。这些年来,胡晓春如饥似渴地学习新知识、掌握新技能,努力追赶迎客松发展保护步伐。

恶劣天气古树名木保护应急预案提前启动! 胡晓春提前准备应急保护器具、人员防寒用品,由12人组成的迎客松保护应急小分队迅速集结到守松人值班室前,24小时值守待命,一小时一巡护。

最好的办法,还是搭建支架,撑起迎客松沉重的枝条。与雪相比,冻雨更易凝结,密度更大。冻雨肆虐过后,树枝、叶片、护栏、地面上立刻冻结成外表光滑而透明的冰层。路面打滑,岩石打滑,支撑杆也打滑。从1月24日晚10时起,迎客松保护应急小分队开始对倒一枝采取支撑保护。胡晓春手握冰凉的毛竹,脚踩滑溜溜的岩石,和同伴一起小心翼翼地撑起沉重的树枝。

"1月25日10时,迎客松倒一枝枝条下垂约35厘米;下午4时,冻雨加剧,迎客松倒一枝枝条下垂约45厘米。1月26日10时, 倒一枝枝梢冰雪约积0.3厘米,1月27日10时增至2厘米,1月28日10时又增至2.3厘米。"一篇篇《迎客松日记》,详细记录着迎客松树冠不断增厚的冰雪。冰上积雪,雪上叠冰,迎客松树冠覆盖着厚厚的"三明治"。尤其是那只热情迎客的"手臂"正一点点地下垂,令胡晓春和应急小分队队员们分外揪心,应急应对措施相应升级……

至1月25日10时,支撑杆达到11根;至1月26日10时,支撑杆增加7根;至1月27日10时,支撑杆再增加6根;至1月28日凌晨,支撑杆又增加2根。至此,26根支撑杆将迎客松牢牢固定在黄山之巅。

1月29日清晨,朝阳跃出浩瀚的云海,阳光洒在冰雕般的迎客松上,历经千年冰霜的"国宝"霎时折射出耀眼的金色光芒。望着冰雪中站稳脚跟的"老爷子",胡晓春长舒了一口气,心中的一块石头落了地,他不由得想起10年前从山下扛运毛竹的日日夜夜。竹材具有较好的强度和韧性,但刚度较低,在重载荷的情况下,会因扰度增加、弯曲变形过大而屈曲破坏。为解决这些问题,这些年景区及时储备了足够的玻璃纤维杆。对位置高、冠幅较大且地面有固定支撑着力点的枝条,采用玻璃纤维杆进行支撑,其他枝条均采用毛竹和刚竹进行支撑。"如今,应对极端灾害天气更加从容,'老爷子'再也不怕大风雨雪了。"胡晓春开心地笑着。

咔嚓一声,胡晓春用手机拍下安然无恙的迎客松,然后发给妻子和女儿。多年来,他的手机相册里大多是春夏秋冬时的迎客松,甚至比女儿的照片还要多。"日出时的迎客松""雨后的迎客松""彩虹背景下的迎客松"……胡晓春常常在微信朋友圈里上传自己拍摄的迎客松美图,虽然没有学过专业摄影,但他总能捕捉到最美的迎客松。

胡晓春因为常年待在山上,很少回家,家人也时常会抱怨,抱怨他无法照顾家庭。很多时候,他只能通过微信视频通话与家人联系,聊聊工作,聊聊父母的身体和孩子的学习。为了守护迎客松,胡晓春错过了人生中很多第一次,错过了女儿第一次喊"爸爸",错过了女儿迈出人生的第一步,错过了女儿第一次上学的样子……他把女儿从小到大的照片存在手机里,闲来无事的时候,经常打开看看。"别人都说,我把女儿'养'在手机里。"胡晓春憨憨地说。

"'山大王'回来喽!"每当胡晓春下山回家,这是女儿见到他的第一句幸福欢呼。在女儿眼里,父亲是不折不扣的"山大王"。由于父女相处时间短,胡晓春总是逆着妻子的意见,尽量满足女儿的愿望,比如给她买喜欢的玩具、同学间互相炫耀的漂亮贴纸。2020年6月,女儿上二年级了,老师布置写一篇游记作文,可是她从来没有旅游的经历。在女儿的反复央求下,胡晓春带着妻女赶赴杭州畅游西湖,张雪红却一路"嫉妒"地数落着胡晓春:"结婚这么多年,从来没单独带我出去旅游过。"

张雪红对家庭的付出远比胡晓春多,她一边养育女儿,一边操持父母的生意,还要分出一部分精力照顾年迈多病的公公。胡晓春的父亲年轻时从事烧石灰工作,后来患上了尘肺病,2021年发展到肺癌中晚期,住进了屯溪医院。在公公生命的最后一年里,张雪红无微不至地悉心照顾他,每隔一天就炖一碗鸽子汤,肉切得小小的,用高压锅炖得软烂,方便公公咀嚼吞咽。2021年底,黄山大雪纷飞,在山上值守的胡晓春得知父亲已处于弥留之际,心急火燎地赶到医院,此时父亲已经认不出自己的儿子。但是,当孙女来到爷爷的身边时,回光返照的爷爷竟然开心地笑了,然后带着对儿子的自豪,带着对儿媳、孙女的祝福,欣慰地走了。

"这么多年来,要说愧疚,那莫过于愧对家人。没有参加过一次女儿的家长会,没有陪女儿过过一个儿童节,没有好好陪在年迈父亲身旁尽孝道。照顾好山上的'老爷子',却没有照顾好山下的老爷子。"胡晓春心里存着对家庭满满的愧疚。

寒来暑往,冬去春来,松针绿了又黄,黄了又绿,迎客松迎来了一批又一批海内外游客。不知不觉间,胡晓春与迎客松相依相守了14年,度过了5000多个日日夜夜。2016年,胡晓春获"全国旅游系统劳动模范";2019年,获"全国五一劳动奖章";2020年, 获 "全国劳动模范";2021年,获"中国好人"荣誉称号……在黄山之巅巍然屹立的"老爷子"见证着胡晓春的成长。

记《迎客松日记》可谓守松人的传统,那上面记录了迎客松40余年的生长演变，更为专家研究守护措施留下了直观的第一手资料。从2009年站上守松人B岗起，胡晓春就开始记《迎客松日记》。白天每隔2个小时进行一次例行检查；夜间根据红外线入侵报警系统信号，随时起床查看情况。结束一天的巡护工作之后，胡晓春便会回到简陋的值班室写《迎客松日记》。从气象水土到枝干松针，从领导要求到应急准备，他事无巨细地将关于迎客松的一切状况记录到本子上。

"对我而言，'无异常'就是最好的褒奖，一切正常超过任何华丽的辞藻。健康生长、延年益寿是我对'老爷子'最大的期待。"在胡晓春看来，《迎客松日记》每日一记，虽然有点像流水账，却像一棵树与一个人的谈话。如今，已经有84本厚厚的《迎客松日记》出自胡晓春之手，总字数早已超过140万字。

"明天轮到你看护'老爷子'了。"这是每当轮休的时候，胡晓春对徒弟丁丁的交代。丁丁如今承担着守松人B岗的角色。看到这个1987年生的年轻人，胡晓春仿佛看到了曾经的自己。

丁丁家在黄山脚下的三口镇，站在小镇街道上，抬头就能望见黄山主峰之一光明顶，这让他对黄山有着天然的亲近感。在火箭军当兵8年后，带着集体三等功、"优秀士兵"、

"优秀士官"等大大小小的荣誉，丁丁在2016年顺利通过招聘，成为黄山风景区管委会园林局玉屏管理区防火队员。

丁丁既有能吃苦、敢负责的老兵品质，又有好学习、勤动脑的青春朝气。2018年，黄山风景区为防火队员配备无人机，用于松林检测和病虫害防治。丁丁第一个报名参加培训，上课认真学，下课勤请教，很快就掌握了无人机操作要领。此前，人工巡查天都峰和莲花峰的松林，4个人巡查一趟需要2小时。如今，丁丁独自一人用无人机巡查，仅用40分钟就能完成任务。

2018年那场黄山历史上罕见的冻雨灾害，让丁丁第一次认识到迎客松的重要意义，体会到守松人身上沉甸甸的责任。在胡晓春的带领下，丁丁和其他10名迎客松应急保护队队员一起顶风冒雨，全力保护迎客松。冻雨天气，下的是雨，淋到身上就结成了冰。每一次检查、加固、防护，他都冲到前面，不觉间眉毛、睫毛上都结了霜。

当守松人岗位招聘B岗时，曾在军营受过长期锤炼、个人素质过硬的丁丁成功通过了考核。"我们守护的不仅仅是一棵古松，而且是一种传承、一种使命！"上岗第一天师父胡晓春的嘱咐，一次次地在丁丁的脑海里回荡。

测量枝干倾斜度，查看树皮健康程度，检查支撑杆状况……每天清晨6点半，是丁丁和师父胡晓春雷打不动的

"早操"时间。如今，守松人的手机上安装了迎客松监控软件，即使休假回家，胡晓春也会拿出手机，点开监控，仔细查看迎客松每个角落的情况。"如果赶上风雨天，在手机上查看监控也不能让师父放心。他通常一天要给我来三个电话，早上、中午和晚上，不停地询问迎客松的情况。"丁丁对胡晓春无怨无悔的敬业精神感到由衷钦佩。

毫无保留的"传帮带"，是守松人的光荣传统，守松人勇于吃苦、甘于寂寞的精神也在接力的过程中一代代传递。迎客松，这个盘根于危岩峭壁之中、挺立于峰崖绝壑之上的顽强生命，已经不再是一棵树，而是守松人最亲密的家人。屹立千年的古松，扎根岩石的钻劲、栉风沐雨的韧劲，像极了坚强勇敢的战士，更是44年来一代代守松人的真实写照。

第五章
假如青山会唱歌

———————————————————————

　　一次次跟随他们穿行在黄山的石阶上，一次次听松涛阵阵，一次次看云海在身边流淌，一次次看他们在悬崖上"起舞"、在游步道上弯腰捡拾垃圾、在游客容易拥堵的路段疏导交通、在禁烟区和颜悦色地劝阻试图抽烟的游客……我们真切地觉得，他们都是黄山的主人，都是名叫"黄山"的这个大家族中不可缺少的成员。

　　假如青山会唱歌，在黄山，一定是一首和着松涛和山峰的大合唱，他们每一个人都是一个声部，因为，他们都是收信人。

守护黄山的
中国好人

Shouhu
Huang Shan
De
Zhongguo
Haoren

"我们都是收信人。"

这是我们在采访中听到得最多的话，也是最让我们感动的话。

而在和他们接触的过程中，我们又一次次被他们的纯朴、执着、善良、勤勉所感动。于是，我们决定扩大我们的采访面，让他们尽情讲出自己的故事，倾诉自己的期盼，谈出他们工作、生活中的酸甜苦辣。

的确，我们要直面的不仅是胡晓春和李培生，而且是整个"黄山人"群体，因为正是他们的通力协作和默默付出，才有了呈现在世人面前的整洁、绿色、有着科学管理范式的黄山，一座原本没有温度的山岳才有了感人的力量。

一次次跟随他们走在黄山的石阶上，一次次听松涛阵阵，一次次看云海在身边流淌，一次次看他们在悬崖上"起舞"、在游步道上弯腰捡拾垃圾、在游客容易拥堵的路段疏导交通、在禁烟区和颜悦色地劝阻试图抽烟的游客……我们真切地觉得，他们都是黄山的主人，都是名叫"黄山"的这个大家族中不可缺少的成员。

假如青山会唱歌，黄山唱的一定是一首和着松涛和山风的大合唱，他们每一个人都是一个声部，因为，他们都是收信人。

好兄弟的哨声

"老朱，又收到一面锦旗啦，笑得那么灿烂！"李培生经常这样打趣。老朱的全名叫朱荣辉，今年51岁，是黄山风景区迎客松第二党支部党员、温泉综治组中队长。李培生和朱荣辉经常一起参加紧急救援，他俩是一对无话不说的好兄弟。

老朱是个有故事的人。他的办公室墙上挂满了锦旗，每一面锦旗的背后都是一个故事，每个故事里老朱都是"男一号"。

李培生每次下山，总要挤出点时间去找老朱聊一会儿。前不久，老朱拿出写着"人民警察　救人危难"的锦旗向李培生展示，挠着头皱着眉"显摆"："挂哪里呢？办公室挂不下啦。"

这是一个东北游客寄来的，特意感谢老朱的"救命之恩"。

捧着鲜红的锦旗，老朱憨厚地笑了。他一笑起来露出整齐的牙齿，眼角布满笑纹，让人感觉格外亲切。

前不久，那位仰慕黄山已久的东北游客，从山脚下出发时便宣称要征服黄山，要游遍天下最美的山。

她雄赳赳、气昂昂地向黄山之巅出发，没想到由于用力过猛，在好汉坡的游步道上崴了脚，哭着喊着，疼得龇牙咧嘴。别说征服黄山了，连眼前的一个小小台阶都征服不了了。

上不能上，下不能下，她只好打电话求助。作为综治组中队长，老朱的手机号码就是救援电话。了解情况后，他又打了好几个电话，然后带上救援担架就上山了。

救援小组一路"急行军"，脚步像鼓点一样咚咚直响。

原本1个多小时的山路，半个小时就到了。"时间就是生命，早一点到达，游客就多一分安心。"老朱说。这么多年来，他一直秉承"心中有游客"的工作理念，游客有困难他一定全力以赴。

崴了脚的游客见到老朱，差点喜极而泣，被抬上担架送往山下救治的路上不停地说着感谢的话。

"本想征服黄山，没想到被黄山征服了！这下既被黄山

1914年拍摄的迎客松　黄炎培摄

的美景征服，又被'黄山人'的周到服务征服。等我养好脚，我要重整旗鼓，再战黄山。"性格爽朗的游客仿佛忘记了疼痛，又和大家说笑起来了。

从担架上下来后，游客从钱包里抽出好几张百元大钞，使劲往老朱手里塞。老朱一把摁住对方的手，情真意切地说："四海之内，皆兄弟姐妹，我们救援不是为了报酬。欢迎你再次来征服黄山。"

又是一个雨夜，一阵急促的电话铃声响起，打破了山脚下的宁静。

"我的腿抽筋了，头也很晕，体温不断在下降。我快要死了，救命啊！救命啊！"电话里传来一名男子的声音，对方语无伦次，情绪接近崩溃。

老朱一骨碌站起来，大声地说："你别动，我们来救你！"他一边安抚对方的情绪，一边拿起雨衣冲进茫茫黑夜。

时间就是生命，火速集结后，救援小组上山了。风雨交加的深夜、寒冷漆黑的群山、崎岖滑湿的山路……老朱、李培生和其他队员深一脚浅一脚，一不小心就会滑倒，旁边就是万丈悬崖。

雨如注，风如鞭，风裹着雨点生生地打在所有人的心上。

他们一边用强光手电照明，一边大声呼喊，终于听到从前方悬崖上传来微弱的回应声。当救援小组赶到时，被困男子一下子跪在地上，念叨着："得救了，得救了！"

被困男子筋疲力尽，且小腿受了伤，无法行走。救援小组打开担架，让他躺在上面。老朱自告奋勇，稳稳地用肩膀扛着担架的前端，后面的救援人员用手抬着，大家齐心协力一步步地朝山下移动。

"下山路上又滑又湿，担架前端最吃劲，也最危险。老朱就是这样的，越是累，越是危险，他越是第一个冲在前。"参与救援的队员丁帮文说。

被困男子得救了！老朱累得连手机都抓不住，坐在马路牙子上直喘粗气。过了好大一会儿，老朱自嘲道："体力有点跟不上了，'最灵活的胖子'这个名号，看来要保不住了！"

2020年2月16日下午1点，一位游客在立马桥附近晕倒，需要立即救助。

老朱立即向片区报告，同时通知综治队员、防火队员、环卫工人组成救助小组，扛上担架火速赶往现场。

接到游客后，当时正下着雨雪，游步道坡陡路窄，用担架抬游客不太安全。在征得游客及其随行伙伴同意后,老朱背起游客就往救护车赶去,最终该游客得到了及时的救助,转危为安。

一路上,老朱的外套被雨雪打湿,里面的衣服被汗湿,整个人像是从水里捞起来的一样。等他把游客送上救护车后,自己却一下子瘫坐在地上,在寒风中久久没有站起来。

救援是职责,无论在什么情况下,再累再险,老朱都能扛下来。然而,随着户外探险运动的兴起,一些"驴友"因擅自进入未开发开放区域而遇险的事件频发,给黄山风景区带来巨大的安全风险和经济负担。

黄山崇山峻岭,地形复杂,随处都是悬崖深壑。游客一旦遇险,搜救范围大,看似近在眼前,实则遥不可及,救援人员往往是冒着生命危险在救援。

安全第一,生命至上。老朱每年要参与救援90起左右,其中夜间救援达40多起。锦旗、感谢信像雪花一样纷纷从全国各地飘来。

大多数被困游客见到救援队时,就像见到亲人一样。也有少数被困游客不仅没有感恩之心,反而劈头盖脸地批评和指责:

"怎么这么久才来?"

"你们效率太低了,我要投诉你们!"

《黄山指南》上的迎客松（1929年摄）

……

遇到这样的游客,老朱从不生气,反而赔着笑脸解释,山岳救援难度较大,存在山高路远、无法精准定位等困难。

为什么还好言好语地解释呢?老朱说,其实他的脾气火暴,但是他理解被困游客的心情。"人一旦处在非常危险的情况下,1分钟对他来说就是10分钟甚至1个小时,情绪也特别容易激动。作为援救人员,我们不能跟被困游客计较。"憨厚的老朱笑了。

"我被困在悬崖上了,而且迷失了方向,请你们帮帮我……"2019年6月1日,游客王某某擅自进入黄山风景区未开发开放区域,迷路被困,万般无奈之下,他选择了报警求助。

黄山风景区立刻出动综治、公安、武警、消防、防火、环卫等多部门人员,组成救援队伍。接到指挥部的命令后,老朱带领第一小组立即出发寻找具体方位。

从慈光阁到立马桥,1个多小时的登山道路,他们一路小跑,仅用23分钟就到达,在最短时间内搜索到王某某受困具体位置,缩短了整个救援时间。在天黑之前,老朱和同事们将王某某安全带出山,完成救援任务。

这是黄山实施《有偿救援实施办法》1年来首例收费事件。此次救援产生费用累计15227元, 其中有偿救援费用

3206元。

"景区实施有偿救援不是为了'收钱',而是为了遏制擅自进入黄山风景区未开发开放区域的行为，将景区有限的救援力量和救援资金，投入对正规游览线路游客的救援救助保障中。"老朱说。

自从正式实施有偿救援后，"驴友"动辄进入未开发开放区域而遇险的事件少多了。

救援"野游"少了，但是老朱忙碌的脚步从未停歇。

每天清晨4点半，当别人还在梦乡的时候，老朱已经穿好制服，随身携带口哨，开始在辖区重点区域巡查，做好迎接第一批上山游客的准备。

起床后第一时间对片区进行巡查，这是老朱多年如一日的习惯。索道几点几分早检、路灯几点几分开启等，他都了然于胸。

一切准备妥当，老朱笔直地站在索道检票口，像卫士一样看着游客到来的方向。

每天早上8点，第一批游客到来！来自全国各地的游客像潮水一样，一拨接着一拨，拥向黄山南大门的玉屏索道检票口。

老朱每天在景区执勤，一站就是一天，不仅如此，还要不停地回答游客各种各样的问题：

"检票口在哪儿？"

"步行登山怎么走？"

"我身份证忘带了怎么办？"

……

熙熙攘攘中混杂着导游的喊话声、孩子的吵闹声，像一滴滴水珠蹦到滚烫的油锅里。朱荣辉身边往往围着好几个游客，你一言我一语地问这问那。无论多么嘈杂，不管多么聒噪，老朱总是心平气和，用沙哑的嗓音一一解答。

扯着嗓子说，不厌其烦地说，口干舌燥地说……这位声音沙哑、普通话夹杂着方言的壮实男子，让千千万万中外游客对黄山有了热情友好的第一印象。

嗓子沙哑算是老朱的职业病。老朱发现，在嘈杂的环境中，游客会对哨音格外敏感。他慢慢摸索出运用哨声长短、节奏缓急和音量高低来维护秩序的方法，成为山脚下一道独特的风景。

嘀——请这边排队，嘀嘀——请加快步伐，嘀嘀嘀——请停止向前……

吹着哨子，挥着手臂，仿佛指挥着千军万马。不管酷暑严寒、刮风下雨，只要现场需要，老朱的哨子声便周而复始地响下去。吹着哨子的老朱成为黄山脚下一道亮丽的风景线。

老朱的哨子被称为"黄山第一哨"。他吹坏了十几个哨子,被大伙称为可爱的"哨子队长"。哨妇声声响,老朱一定站在那里忙活;哨子声消失,老朱肯定在管别的"闲事"。

游客摔伤、突发疾病、发生纠纷、车辆故障、路灯不亮、猴子伤人、水管破裂等大事小事发生,电话纷纷打给老朱。

"我是温泉片区电话最多的人,是大家身边最近的'110'。"老朱自豪地说。只要他在山脚下,无论游客遇到什么困难,都有他忙碌的身影。

在李培生眼里,爱管"闲事"的老朱不仅有一副热心肠,而且有一双火眼金睛。

广场上的车辆和游客没有人车分流,存在安全隐患。他向温泉片区指挥部报告,建议用17个水泥墩进行隔离。人车分流后,游客安全得到保障。

三岔口至立雪台的游步道下山排队栏杆内窄外宽,容易误导游客。他向综治组组长报告,在一星期内把栏杆调换到位,对索道排队井然有序起了关键作用。

"他早已把黄山当作自己的家,把游客当成他的家人。"黄山风景区温泉片区综治组队员陈辉说。温泉片区的大事小事总少不了他,大家总说"有困难找综治,在综治找老朱"。

自1993年从部队退伍后,老朱在黄山风景区基层一线

1933年拍摄的迎客松　郎静山　摄

工作29年,其中在温泉片区网格已经连续工作了9年。2015年,玉屏索道改造,把下站从慈光阁迁到了桃花峰,综治组需要24小时值班。老朱主动请缨,申请天天值守,让其他年轻的同事能够回家。

8平方米,外面一间是办公室,里面一间是宿舍,老朱在这里住了7年多。这里成了他的第二个家。老朱的春节,大多是在这第二个家里度过的。29年来,老朱只回家过了三次春节,第一次是结婚,第二次是孩子出生,第三次是岳母生病,其余的春节他都坚守在工作岗位上。

一个人在山脚下过年,老朱有自己独创的"黄山牌"年夜饭:一碗热腾腾的牛肉面,加上黄山毛峰卤蛋、太平猴魁卤蛋、祁门红茶卤蛋,再加上一点宏潭豆腐乳。他说,这样的年夜饭好吃极了!

一个个卤蛋,在老朱眼里代表着团圆。"年轻的时候确实有些不适应,过年了也想和家人吃个团圆饭,但是岗位需要我,我不能离开,也不想离开。"老朱坦言,后来有几年,老婆余丽荣带着孩子来到山脚下陪他过节过年,一家人都把黄山当成自己家。

"他的心都放在黄山上,在岗位上他才踏实。"妻子余丽荣说。老朱一个月回老家一次,还没有过到第二天,他就开始想黄山了。

2020年7月25日,老朱病了,不得不住院治疗。十天经历了两次手术,躺在病床上,他心里还是放不下工作。

只要电话一响,他就从病床上坐起来,用没有打点滴的那只手接电话。旅游咨询的找他,物品丢失的找他,有突发情况的还找他……妻子实在看不下去了,悄悄地把他的手机拿走了,关机了。刚刚过了个把小时,就被老朱发现了,他十分生气地吼:"每个电话都是事情,你怎么能关掉我的手机呢?"

说出大天来,老朱也不肯把手机交出来,他非要把手机压在枕头下面,他说只有这样才能安心养病。

心里想着黄山,嘴里念着黄山。做过手术不满一周,还没有拆线,他就提前出院,回到自己的工作岗位上。

"黄山是我的良药,回来后康复得更快。"老朱笑着说。大家劝他回家好好休养,他说他闲不住,在岗位上会康复得更快更好。

新型冠状病毒感染疫情暴发后,老朱主动请缨参与一线防控,捐出自己荣获五一劳动奖章的全部奖金。奖金不够购买物资,他又自掏1600多元,购买大量的消毒液、口罩、牛奶、方便面等,慰问坚守在抗疫一线的新国线公司、预约平台的工作人员。

熟悉老朱的人都知道,其实他的经济负担并不轻。爱人没有稳定的工作,孩子还在上学,父母年事已高,家中需要花钱的地方多着呢。为什么要捐款呢?老朱坦言,因为疫情,黄山变得特别冷清,景区周边不少酒店、餐饮店、超市闭门歇业,一些导游纷纷转行做外卖、中介和采茶客,山上山下显得空空荡荡的。

看在眼里,愁在心上,老朱整夜整夜睡不好觉。黄山没有游客,老朱脸上没有了往日的笑容。"黄山总是给予我太多,但是我能给它的却很少。在这样的时刻,我就想为黄山做点什么,为黄山人做点什么。"老朱说。

收到爱心捐赠物资时,大家非常感动,深受鼓舞。"我们相信,无论这座山遇到什么样的困难,都一定会挺过去的。"新国线公司驾驶员李胜说。

无论春夏秋冬、白天黑夜,只要有任务,老朱就随叫随到,坚持用真心服务好每一位游客。老朱先后荣获了"黄山市优秀共产党员"、黄山市"最美退役军人"、"黄山市五一劳动奖章"等荣誉。

叶素萍:"不羡仙"

李培生的女同事不多，白白净净的叶素萍是其中的一位。"李培生是我们学习的榜样。他很有绅士风度，看到女同事搬运重物时，他总是抢着搬。"叶素萍快人快语。

叶素萍是北海中路旅游厕所厕管员，她的爱人叶啟玲是西海环卫所环卫工，他们居住在天海片区生活点。

妻子在北海，丈夫在西海，身处不同的"海"成了夫妻二人身上的标识。明明黄山不在海边，为什么要以"海"来自称呢？"你看，那云海烟雾缭绕，这就是天上的大海呀。"叶素萍笑着解释。

妻子笑起来，丈夫也跟着笑起来，有一种默契和温暖的情愫在二人之间流动。不管是天海，还是大海，在叶素萍眼里，黄山就是他们的家；无论是游道保洁，还是公厕管理，都是他们热爱的岗位。

"我和老公就住在公厕里，对于我们来说，那里不仅仅是一所厕所，而且是一个温馨的小家。"叶素萍说。公厕旁边的一间屋算是他们的"生活区"，电锅、烧水壶、微波炉、电

1955年拍摄的迎客松　黄山风景区管委会　提供

暖气等基础生活设施一应俱全,大米、南瓜、青菜等食物一字排开,小小的空间里充满了烟火气。

在她的精心打理下,315平方米的公厕里一尘不染,连墙砖、地缝都看不到一点点污垢。洗手台上永远是干干爽爽的,小小的绿色植物总是生机盎然,空气清新剂散发出淡淡的香味。

"我每天晚上都会全面清理一遍卫生,尤其是小便器漏斗、地漏盖、蹲位的反水弯,定期用开水烫烫,把尿垢都冲洗下来。"叶素萍又笑了,轻声细语地透露公厕空气清新的秘密。

叶素萍以前在农村做农活,丈夫先来到黄山风景区。为了结束夫妻两地分居的日子,她跟着老公来到山上,成了黄山山顶上的一名环卫工。她干活从来不惜力气,更不愿意马虎、凑合,公厕有些边边角角拖把够不着,她就跪在地上用抹布擦。每天不是在擦地、擦门窗,就是在擦蹲位、擦便池,但他们身上的工作服洗得干干净净,穿得整整齐齐。

抹布不离手的叶素萍,形成了职业强迫症,见不得一点点污渍和水渍。吃苦耐劳、踏实肯干的她,用朴实的劳动为景区创建了干净舒适的美厕环境。

"景区没有硬性要求这样做,但是我自己乐意打扫干净。哪怕不吃不喝,我也要先把污渍、水渍消灭掉。"叶素萍笑着说。在她看来，公厕虽小，却是黄山的一扇窗户，也是风景区的一道风景。

住厕管厕，以厕为家。每天天麻麻亮，叶素萍不仅要把自己的小家收拾好，还要把他们夫妻和另外两位环卫工的早餐准备好。她变着花样准备一日三餐，把山上的日子过得有滋有味。

"黄山的环卫工作，像一场没有终点的马拉松。我在这里干了20年，每当听到游客称赞黄山环境真干净时，我打心底高兴。"叶啟玲说。他的眼里容不得任何垃圾，哪怕是看上去漫不经心的一扫视，目光都在寻找垃圾，连黄豆粒大小的纸屑都逃不过他的眼睛。

每年11月份，黄山开始下雪，每天的天气牵动着他们的心。2022年11月21日晚，黄山风景区迎来当年的首场降雪，山峦、灌木一夜之间都穿上银装，地面积雪像一个个馒头一样。

雪后的黄山万籁俱寂，漫山的松树、遍地的灌木，在雾凇的围绕下成为银花盛开的玉树，棵棵黄山松宛若玉枝垂挂，簇簇松针恰似银菊怒放。黄山冬雪盛名在外，吸引了八方游客慕名而来。为确保游客安全出行，每天清晨，叶啟玲、叶素萍和其他环卫工要赶在游客上山之前铲雪除冰。

"如果前一天晚上下雪，我要凌晨3点多就起床做蛋炒饭,吃完我们就要去路上铲雪。"叶素萍说。前一天晚上,他们辗转反侧,不时披上棉袄观察外面的积雪情况。路上一旦有积雪, 他们两三点钟就起床, 迅速吃完早饭后便携带冰铲、铲雪板等赴游步道扫雪、铲冰。

"雪景虽美,但游客安全最为重要。"叶啟玲说。从北海中路至东海门路段,里程长、落差大、台阶多,扫雪、铲冰任务相当艰巨。戴着头灯,手持铲雪板、扫把,叶啟玲在前快速开通道路,一铲一铲将雪铲到路边,叶素萍紧跟在他身后,双手挥动扫把将路面清理干净。不一会儿,伴随着踩在雪地上的吱呀吱呀的声音, 清清爽爽的游步道便在他们身后延伸开来。

天亮了,游步道上也安全通畅了。因为长时间进行室外低温作业,两人的脸冻得通红,双手也磨出水疱,环卫服外面结冰,里面出汗。夫妻二人相视一笑,站在路旁开始欣赏像童话世界一样晶莹剔透的黄山。

"你的脸红扑扑的,真好看,我来给你拍张照片。"叶啟玲打趣妻子。叶素萍哈哈大笑,娇憨地摆摆手:"赶紧回家打理我的公厕,你自己一个人好好欣赏吧。"话虽如此,但她的脸上早就溢满了快乐的笑容,右手比起了剪刀,咔嚓一声,丈夫手机里多了一张美照。

以雪为令已成为他们的冬天记忆, 服务游客是他们的不二选择。在很多人的印象中,环卫工作只是简单的卫生清扫。殊不知,他们承担着各种角色,像管家一样服务黄山的游客,像守护家人一样地守护黄山。

"游客来到黄山,就像来到我们的家一样,无论他们遇到什么样的困难,我们都会千方百计地提供帮助。"叶素萍说。

在家千日好,出门一日难。人在旅途,随时可能遇到各种突发情况,不仅影响游客的美好心情,还会影响到游客的生命安全。

有一天晚上大雾弥漫,两人结束了一天忙碌的工作,正准备休息时,有三位游客突然出现在公厕里。他们一时沉醉于黄山的夕阳美景中,忘记了时间,等他们准备下山时,空荡荡的景区里只有他们的身影。

太阳一落山,天一下子就黑了,浓雾从四周涌来,成了一片白茫茫的雾海。他们分不清东南西北,找不到下山游步道,看到浓雾中公厕微弱的灯光,便跌跌撞撞一路循光而来。"我们迷路了,找不到宾馆了。"身心疲惫的他们,头发早已被雾气染成了"白发"。

叶素萍赶紧请他们到屋里坐下来,喝口热水歇一歇,安抚他们不要担心。"我们带你们去宾馆,会把你们送到宾馆里面。快把头发擦干,喝点热水,当心着凉感冒。"一番话让游客们十分安心,游客们连连道谢。

穿上厚外套,拿起手电筒,叶素萍和丈夫一起送游客们去宾馆。在漆黑的夜里,他们走在前面为游客们照亮道路,在险要路段提醒游客们注意安全,半个多小时后,终于把游客们送到了灯火通明的宾馆。

临别时,游客中的老阿姨一下子拥抱了叶素萍,像亲人一样依依不舍。"她抱了我一下,我当时还有点舍不得说再见呢。"叶素萍回忆说。那三位游客一直向他们挥手致意,直到他们消失在无尽夜色中才离去。

"游客的事就是我们自己的事。也许我们做的都是些不起眼的小事,可对于一个出门在外的人来说,对于一个有可能一辈子只来一次黄山的人来说,一句问候、一个关心、一个不经意的举手之劳,都会给他们留下对黄山一辈子的好印象。"叶啟玲说。

今年7月份,30多岁的游客詹女士因只顾看镜头,一脚踩空,不幸摔倒在山坡上,疼得龇牙咧嘴。由于詹女士体态丰满,随行的朋友们根本抱不动她。这一幕正好被路过的叶啟玲看到了,他赶紧上前倾尽全力将她扶起,所幸詹女士没有受伤。

有个小男孩突发甲亢浑身无力,家人惊恐慌间不知所措,现场情况非常危急。后来是叶啟玲一把抱起孩子,和

1973年拍摄的迎客松　黄翔　摄

应急救援队一起送到索道口。"游客上山游玩最怕突发疾病，往往是时间和生命在赛跑。"叶啟玲说。

有一天，叶啟玲在西海饭店附近做保洁时，发现路边有个黑色塑料袋。他以为是装垃圾的袋子，用扫把扫了一下，感觉塑料袋沉甸甸的，然后弯腰打开塑料袋，发现袋中竟是厚厚的一沓百元大钞，还有好多花花绿绿的外币。

"当时我打开袋子一看，立即愣住了，里面装的全是现金。这么多钱，肯定是有人不小心掉在这里的，失主找不到，该多着急啊。"叶啟玲说。当时他也不知道该怎么办，随即封好塑料袋，一边就在原地等待失主前来认领，一边将消息发到工作群，希望尽快联系到失主。

景区经过多方寻找，第一时间联系到失主。钱失而复得，失主万分感谢，从包里抽出一沓钱塞给叶啟玲。叶啟玲连忙摆手，一次又一次地拒绝失主的感谢。

"平时经常会捡到游客丢失的单反相机、手机、钱包等物品，我还捡过一个孩子呢，最后都会想尽办法联系到游客。"叶素萍说。

有一次，七八名来自山东的游客陶醉于黄山的美景，一路上欢声笑语，好不快活。他们到了北海中路稍作休息后出发，却把随团的小男孩落下了。"妈妈，妈妈……"小男孩上完厕所出来找不到家人，惊恐地抽泣起来。叶素萍听到哭声后,赶紧过来安慰孩子,爸爸妈妈肯定不会走远。幸亏小男孩记得妈妈的手机号码,然而电话却一直没有人接。

难道是手机号码记错了?原本平静下来的小男孩,又开始惊慌起来。叶素萍一直轻声细语地安慰他,有可能妈妈的手机放在包里没有看到,并一再向他保证,一定会帮他找到家人。打了七八个电话都没人接,担心对方手机的电量被耗尽,她就没有再继续拨打下去。叶素萍正准备跟上级报告,对方回拨了电话。原来他们一行人已经登上了光明顶,准备拍合照时才发现孩子丢了。

男孩妈妈原路折返,叶素萍带着孩子向光明顶出发,终于在半路上相遇,孩子有惊无险,安全地回到家人身边。

这样的故事每天都在发生,这样的故事每天都在延续。夫妻俩日复一日地在山顶上日出而作、日落而息,无忧无虑又简单美好。游客下山后,他们或一前一后,或手牵着手,或并肩而行巡查路段,哪里的安全座椅破损了,哪个台阶有些松动了,哪里的树木叶子上有虫眼了,都逃不过他们的火眼金睛。

看到脸色苍白的游客坐在石凳上大口喘气,叶素萍主动上前询问,得知游客很可能是低血糖,她赶紧冲泡一杯热糖水送过去。看到鞋子磨脚的游客行走困难,她也上前询问是否需要免费的创口贴。有时女游客突然来了例假,她便贴心地送去准备好的卫生用品……

平日里,看到游客抽烟,叶素萍上前劝诫:"同志,黄山风景区内禁烟,请赶快掐灭吧。"

"这又不是室内,我抽烟怎么了?"

"那边有定点吸烟处,全山室内室外均实行定点吸烟。"

"你一个环卫工管得真宽,小心我投诉你。"

……

面对肆意妄为的游客,叶素萍总是不卑不亢,始终面带微笑地劝诫。在她温柔的坚持下,吸烟游客最终都会熄灭手中的香烟。

"游客不理解我的工作,是因为不了解黄山的规定,我会慢慢解释,最终游客都会理解的。"叶素萍说。

据了解,1988年黄山风景区在全国景区首创"定点吸烟"管理举措。根据《黄山风景名胜区管理条例》等有关规定,为满足游客室外吸烟要求,全山实行定点吸烟,目前设有室外定点吸烟点20个,并划定了吸烟范围,除此之外均为禁烟区,禁止在禁烟区吸烟,对违规吸烟者进行处罚。

"我来黄山20年了,妻子来黄山10年了,现在女儿也在山顶的宾馆工作。"叶啟玲说。一家三口都在黄山之巅扎根,用勤劳的双手创造美好的生活。

女儿叶鹤菲是白云宾馆年轻的金牌管家,以细致周到的服务和团结协作的精神,逐渐成为白云宾馆的服务之星。

有一次,叶鹤菲为一位游客办完入住手续,游客发现到客房所在的B区还得再步行一段路,抱怨自己爬了一天的山,腰酸腿痛,实在是不想动。叶鹤菲听到以后送了一只泡脚桶到客人的房间,她的细心让客人惊喜,既解了游客的乏,又暖了游客的心。

"天冷,您快喝杯姜茶暖暖""行李给我吧,我带您去房间"……一声声温暖的话语、一幕幕有爱的场景,叶鹤菲的贴心服务让游客体会到家的感觉。到店迎接、入住引领、行程建议、离店欢送、返程联络,她都安排得妥妥帖帖。

"我的父母,是我的荣耀!虽然他们是平凡的清洁工,但是在我的眼中他们是伟大的,用心用情地守护祖国的绿水青山。"叶鹤菲说。

我守着山,你守着家

2022年10月2日,当清晨的第一缕阳光点亮东方的天际线时,黄山保洁员周全治的额头上已布满了细细的汗珠。

无须闹钟,不用叫醒,清晨4点半一到,周全治便从床上一跃而起。刷牙、洗脸后，他戴上头灯、拿起扫把就出门了。

天还是黑的，大大小小的山峰都在沉睡，周全治的头灯像一颗害羞的星星，弱弱地照亮前方的一小段路。沙沙沙……扫把与石阶摩擦发出单调的声音。他沿阶而下，清扫落叶和垃圾，寂寞又忙碌。

渐渐地，啾啾的鸟鸣声此起彼伏——小鸟儿醒来了。

"老周，慢点扫啊，小心脚下啊。"李培生守日出时，有时候会在路上遇到周全治。

"又去拍日出啊，拍到大片别忘了发给我欣赏呀！"周全治不用抬头，就知道李培生今天去守日出了。这么多年，他们守同一座山，做同样的工作，早已像家人一般熟悉。

扫完了游步道，周全治赶到月牙亭旅游公厕，把所有台面、地面用干拖把再拖一遍。虽然前一天晚上完成了大扫除，但是山上夜里湿气大，过了一夜后地面又变得湿滑，还是要把边边角角再拖一遍，只有这样，周全治才能放心。

干完这一切，周全治擦擦额头上的汗珠，站在开阔处放眼望去，东方露出了鱼肚白，日出处有一线烟云，须臾之间彩云渐红，一轮红日冉冉升起，朵朵白云宛如金莲飘悬在空中。

"黄山也醒了，黄山太美了！"周全治由衷地感叹。

恰在此时，他的女儿发来了微信。

周全治咧嘴笑着,用长满茧子的手指点开了微信:这几天黄山游客多不多?爸爸多保重身体。

女儿是他的骄傲,从小到大没让他操心,2021年还考上了上海同济大学。

周全治顺手拍了一张黄山日出,满意地给女儿发过去,分享此时此刻美轮美奂的景色。

分享是这对父女的日常。这样的分享,平日的关心,一直持续了18年。

2004年,经人介绍,周全治成为黄山顶上的一名环卫工,主要负责在垃圾中转站分拣垃圾。那时女儿才上小学一年级,天天回家见不到爸爸,心里充满了对爸爸的不解和思念。

"为什么爸爸要待在黄山上?见不到爸爸我想哭。"懵懂的女儿总是跟妈妈闹,吵着要见爸爸。妻子一个人在家忙里忙外,大事小事没人搭把手,还要天天哄着女儿。

妻子有点动摇了,劝丈夫不如下山,在家守着妻儿过安稳的日子。现在女儿正是需要爸爸保护的年纪,为什么非要去守着大山,过那样清苦又孤单的日子?

周全治何尝不想在家陪伴女儿长大,全心守护小家?一到晚上,他就特别想家、想女儿,但是他内心深处认为,守护不仅是眼前的相伴,而且是长远的打算。

"山上的工作工资高、待遇好,为了给我们的小家创造更好的经济条件,我在山上好好挣钱,你在山下好好学习。我守着山,你守着家。"周全治总是这样跟妻子和女儿说。

其实,妻子和女儿都懂。慢慢长大的女儿体会到父爱的深沉和生活的艰辛,她在学习上越来越用功,对爸爸越来越敬佩。

既来之,则安之,以山为伴,以路为友。白天,周全治用心分拣垃圾,勤勤恳恳,任劳任怨。一到晚上,黄山变得特别安静,似乎所有人都早早休息了,他却拨通了家里的电话,跟女儿煲起了电话粥。

为了能和女儿共同成长,为了不让女儿忘记他,周全治养成了每天坚持学习的习惯,与女儿分享学习中的心得和工作中的日常。

通过电话辅导女儿学习,成为周全治一天中温馨的时光。女儿读小学一年级,周全治研究一年级的课本;女儿上六年级,周全治自学六年级的知识;女儿上初中,他又跟着学起了初中知识……

由于成绩优秀,女儿被私立高中录取,而且免除了每年2万元的学费。说起女儿,周全治脸上每条皱纹里都饱含着欣慰和幸福。

周全治不善言辞,却是生活中的有心人。

黄山透秀色　黄山风景区管委会　提供

刚接手管理老道口生态公厕时,生态公厕还是新生事物,山上100多名环卫工,没有一个人接触过新一代SMD生态公厕设备。

公厕装好后,厂家派来年轻的技术人员,看上去年纪大很多的周全治更像个小伙子,跟前跟后喊他"老师",问这问那求指点。周全治一遍遍翻看说明书和操作手册,两本小册子很快就被翻破了,他又用透明胶将页面粘上,自制"塑封"保护起来。就这样,跟技术人员学,跟册子学,周全治一点点学习并掌握了操作流程。

没过多久,技术人员就回去了。紧接着就是当年的十一黄金周,没想到生态公厕来了个"下马威",突发故障,跳闸"罢工"。舱体不能外排,大量排泄物遗留恶臭熏天,引发排队游客的不满和焦躁。

周全治立刻投入战斗!修理过程中,衣服难免沾上污物,他也顾不了那么多,整个人都扎在公厕里。经过半个多小时的仔细摸排,他终于发现是电机损坏导致线路板损毁,在及时更换电机和线路板后,机器终于正常运转了。

自那以后,好学的周全治便随身带着操作手册,只要闲下来就会琢磨,画重点,俨然成了行家里手。

"老鼠咬断电线""集成线路板保险丝烧坏""微生物喷雾过滤系统故障"……工作日志上详细地记录了各类故障

的处理技巧和实操过程。

不到半年，他摸索总结出了一套切实可行的生态公厕故障快速排查法，从一个"菜鸟小白"成长为能独当一面的"技术大拿"。

有一次，有位游客一不小心将手机掉在生态公厕里，急得直跺脚。原来他是一名走南闯北的销售员，所有客户的电话和资料都储存在手机中。万般无奈之下，他只好抱着试试看的态度，请求周全治帮忙找一找。

周全治二话没说，开始帮助游客找手机。周全治打开公厕内部舱体，一股恶臭扑来，熏得他睁不开眼睛，他强忍着令人窒息的异味，耐心细致地寻找手机。1分钟、10分钟、1个小时……时间一分一秒地过去，他终于找到了手机，游客感动不已。"没想到黄山的环卫工人这么有本事，要不是你帮忙，我的损失可就太大了。"游客掏出百元大钞，使劲儿塞给周全治，被他坚决拒绝。

"帮助游客是我的荣幸，认真工作是我的本分。"周全治在老道口管理生态厕所10余年，后来又调到月牙亭旅游公厕。无论岗位怎么变，周全治爱学习、肯钻研的本色从来没有变。

月牙亭旅游公厕位于慈光阁步行道途中，相对于其他景点的公厕，这里的游客较少。"平时工作没人看着你的，细节上干好干坏全凭个人自觉。但是该做的事情就要把它做好，绝不能降低一丝一毫的标准。"周全治坦言。

景区的旅游公厕24小时免费开放，保洁工作并没有表面看起来那样简单。拖把、抹布、喷雾瓶、鸡毛掸……光是保洁工具，周全治就有十来样，每样工具都是他的"战友"。

公厕从墙面到地面一尘不染，没有人知道周全治每天要擦洗多少遍。平日里，有的游客鞋底有泥，进出一趟厕所地面上都是脚印。有的游客洗完手，盥洗台周边都是水渍。还有的游客没把垃圾丢进纸篓内，甚至是如厕后不冲水。在旅游高峰时段，每间隔15—20分钟，他就要认认真真打扫一次。

山中常年云雾缭绕，公厕地面特别容易湿滑。除了及时开启语音播报器、摆放提示牌、口头提醒注意防滑外，他每天都用湿拖把、干拖把分别拖地，保持地面干爽洁净。

新冠疫情发生后，保洁消毒的任务更重了。周全治每天都要对公厕进行消毒，扶手、洗手台、门把手、厕间等都一点点地擦拭并消毒，再用配比稀释的84消毒水对公厕地面、便池进行消杀清理。

待游客全部下山，为确保第二天公厕正常运行和使用，周全治还会给厕所来一次大扫除，清、洗、抹、拖、理，一番操作下来，再对室内绿植进行养护，对电器等设备进行全面检查。

公厕的活儿干完了,夜间,他还要喊上同事结伴巡查,游步道、古道遗迹、文物保护、河道水情……忙碌过后,回到宿舍时通常已是九十点钟。

"有时回到住处,腿都是直的,手都是酸的,但是我的内心是满足的、愉悦的。"周全治说。

在月牙亭生活点,除了周全治,还有2位环卫工。平时他们像家人一样,在一个锅里吃饭,分享、分担彼此的喜怒哀乐。在同事眼中,他不仅是热心肠的老大哥、手艺精湛的厨师,还是技术高超的水电工。

"游步道上的路灯坏了,他一修一个准。没有什么是他不会的,连炒个青菜都比别人炒的味道好。"同事孙宏利说。

春有雷雨,夏有蚊虫,秋有寒霜,冬有冰冻,周全治熟悉黄山的每一个季节,始终对黄山充满了敬畏和感恩。

在2020年初新冠疫情防控的紧要关头,周全治主动作为、冲锋在前,充分发扬了景区环卫队伍"特别能吃苦、特别能战斗、特别能奉献"的作风,严格规范公共区域消杀流程和职工自身防护,增加巡查频次,做到严之更严、细之更细,全力切断病毒粪口传播、垃圾转运传播渠道,守护群众生命财产安全。

"黄山给了我一份稳定的收入,在这里我结识了许多知心的同事,还获得了小小的荣誉,我非常感恩黄山。我会在山上一直守下去,直到干不动的那一天。"他微笑着说道,平淡的语调中透露出一丝坚定。

我守着山,你守着家。周全治在山上守护着绿水青山,妻女在山下守护着小家幸福,"云陪伴"成了他们一家人团聚的常态。

无论是对社会大家庭的尽职尽责,还是对小家庭的用心呵护,周全治一家人都以各自的方式努力实现自身价值。正因如此,其家庭荣获了"2019年度黄山市平安家庭示范户"荣誉称号。

18年躬身一线,从最初在垃圾中转站担任分拣员,到调岗至老道口管理生态厕所,再到成为月牙亭旅游公厕厕管员,虽然岗位身份多次转换,但周全治从未停止学习,也从未停止前行。

听风问诊　守护云端

2022年10月2日清晨4时40分,玉屏索道温泉站房灯火通明。20名索道检修工乘坐专用的敞篷检修车厢,开始对

1984年拍摄的搭建平台和支撑杆后的迎客松   黄山风景区管委会   提供

索道进行全面早检。

"山间风声大,与索道运行的声音混杂在一起,巡检时我们得保持精神高度集中,确保不漏掉每一个细节。"全国劳动模范、黄山玉屏索道副总经理姚文华说。每到十一客流高峰,他一定会坚持亲自爬支架、走线路,带班巡检。

听风问诊,检修工都屏气凝神。仔细看,看轮组上的钢丝绳位置、支架构件、支架基础和沿线环境等是否正常;认真听,听轮子轴承的运转声音、车厢通过支架的声音等是否异常……

"别人耳朵听到的都是噪音,我们耳朵里听到的是设备运行信息。听时间长了,就像老朋友一样熟悉。"姚文华笑着说。脚下是近百米深的沟壑,抬头是20米高的铁塔,一阵山风吹过,悬吊在钢缆上的检修车轻微摇晃。

几分钟后,他们到达了位于支架顶端、由钢网搭成的镂空工作面。在这个狭小逼仄的地方,分布着运转轮、轴承、螺栓等设备。"为保证索道的安全运行,它们哪一样都不能出问题。"姚文华说。

在熹微晨光中,他们是最早上山的人。在确保缆车安全运行后,索道检修工还要进机房上支架,进行安全巡视,查看每一次运行系数是否都是正常值。

6时15分,第一批游客沐浴着金色的霞光,乘坐玉屏索道兴致勃勃地奔向黄山之巅,迎接他们的是索道上站迎风招展的鲜艳的五星红旗。

"今天大约有2万名游客上山,大部分乘坐玉屏索道。我们每一次安检巡视时都要盯紧每一组运行参数,查看每一个细节,不能有一点马虎。"姚文华说。

十一长假期间,姚文华和同事们每隔1小时就要对设备上的数据进行一次记录,包括减速机的温度、运行参数等,确保都在正常的范围之内。

在闪烁的繁星下,他们是最晚下山的人。送走山上最后一批游客后,他们的工作并没有结束,还要对索道站房内设备进行晚检,检查轮胎气压、皮带张力等。

晚上8点,缆车车厢全部入库后,姚文华终于松了一口气,换下检修服,和同事们到食堂吃晚饭。此时,他们已经工作了15个小时,神情有些疲惫。

刚拿起筷子,还没来得及吃上一口,他的电话就响起来。电话那头说:"刚才接到玉屏综治组通知,一个六七岁的男孩突发高烧,急需索道运送下山治疗。"

姚文华和同事们匆忙放下碗筷,把已经入库的车厢再次挂在缆绳上。车厢在夜幕中缓缓地向山上驶去⋯⋯监控画面中,患病儿童和家人在索道上站很快坐上了缆车。

这时,景区医疗急救中心医护人员抬着担架赶到了站台。12分钟后,缆车返回玉屏索道温泉站。在目送救护车离开后,姚文华才安心地转身回到站房。

2600米、82个吊厢、12个支架,日检、月检、季检、年检……他们抵得住刺骨寒风,扛得住炎热酷暑,用日复一日的坚守,在千米高空之上听风问诊,用敏锐的眼睛与丰富的经验,为黄山索道做"体检",守护着黄山之巅的"云端之路"。

在黄山索道工作31年,姚文华从一位普通的检修工,逐步成长为技术带头人。

姚文华出生在歙县的一个小山村,从小母亲对他的要求十分严格,养成了他能吃苦、肯钻研的性格。

"我跟索道有缘。别人觉得索道检修既危险又辛苦,可在我眼里却充满了魅力。每次爬上索道支架,我都会莫名地兴奋;每检修好一个项目,我都有胜利的喜悦。"姚文华坦言。

1979年,黄山拉开了索道建设的序幕,云谷老索道是黄山建设的第一条索道。其引进日本生产的往复式索道设备,最大的部件是直径2.56米、重1.9吨的驱动轮,当时由200人同时搬运,历时13天,从云谷寺停车场搬运到山顶的索道上站。

出于技术封锁等原因,日方未提供完整的技术资料,只要索道出现一点故障,就必须打电话到上海办事处,请求日方安排技术人员来维修。

日方技术人员到达现场排查故障时,每次都要求清场,不让中国人参与。为了改变这种被动局面,黄山索道从1988年开始聘请了淮南矿院老师当技术顾问,并着手培养自己的技术人才。

与索道的缘分或许早早就结下了,但当时18岁的姚文华浑然不觉。1991年5月,姚文华背着行囊出现在云谷索道的大门前,他的第一份工作就是在云谷索道当保安。那个时候,他总是远远地盯着缆车看,看它在山间上上下下,看它在云雾中穿来穿去。

"第一眼看到索道时,真有一种被震撼的感觉,这个庞大的家伙太神奇了,太厉害了!我就特别想了解它、研究它、弄懂它。"姚文华回忆说。虽然当时只是索道站的一名保安,但他浑身上下都充满了干劲。

索道成了他心中的"白月光",吃饭、睡觉时他满脑子都是索道。他只想靠近它,近一点,再近一点。

机会总是留给有准备的人。1993年,黄山风景区组建索道检修班,一心痴迷于索道又有电器维修特长的姚文华,顺利被调入技术部门,开启了索道检修的职业生涯。

有人说,索道检修工都是整天和扳手、螺栓打交道的"机呆子",可姚文华并不这样认为。他暗暗下决心,一定要研究透索道控制原理,一定要靠自己排除索道故障。像海绵吸水一样,他抓住每一个学习机会,不断积累索道知识,提升自己的技能水平。

有一天,云谷老索道上站出现故障,为了现场学习索道故障排查技术,他一个人40分钟跑了15里山路,从云谷寺跑到上站白鹅岭。

在实践中学习,更向前辈学习。日常工作中,他主动向前辈请教,为了描出索道板件的电气原理图,经常会工作到深夜。有时画图画到胳膊抽筋,疼得他嗷嗷直叫。站起来活动一下后,他又低着头一遍遍画起来,直到自己满意为止。

一听到"索道"二字,姚文华就两眼放光。关于索道的参数、术语、名称,他一学就会,一听就懂,但是对索道之外的事物,他总是漫不经心。

"心心在一艺,其艺必工;心心在一职,其职必举。"1996年,黄山第二条索道投入运行,姚文华主动申请到玉屏的循环索道工作。他较快地掌握了循环索道技术原理,妥妥地成为技术骨干,慢慢走上技术管理岗位。

别人称赞他是技术高手时,他总是谦虚地摆摆手。在他看来,学海无涯、技无止境,只有心无旁骛地钻研、近乎苛刻地专注,才能最终迸发出静水流深的力量。

"博学之,审问之,慎思之,明辨之,笃行之。""这么多年,我结识了不少索道技术专家,通过技术交流,积累了丰富的索道维修经验。"姚文华说。他收集整理了100多个索道故障和事故案例并装订成册,撰写论文在全国索道年会上分享,多次获得优秀论文奖。

2007年9月,姚文华被调回云谷新索道参加总调试。在调试过程中,他发现外方工程师将索道防撞参数设定为80个脉冲,这意味着当脉冲数低于80时,索道就会紧急停车,而索道车厢全速运行的脉冲数仅能达到81。只有1个脉冲的余地,这也就意味着,受气温、风力等因素影响,索道出现不必要紧急停车的概率会大大增加,游客可能会在索道运行完全安全的情况下悬在半空。

这样的防撞参数设置不符合黄山实际,容易引起不必要的缆车停驶。

面对国外总部的权威专家,面对历年设置的技术参数,姚文华大胆提出自己的观点。通过调试设备、进行运行速度实验等,他最终提出75个脉冲的防撞脉冲数意见,并把意见反馈给位于奥地利的索道生产厂家总部,最终获得了国外总部的同意,修改参数,提高新索道的可靠性。

从不迷信权威、从不墨守成规的姚文华总是积极探索属于黄山的答案。

第二年,姚文华被派往奥地利索道生产厂家总部参加技术培训,主要行李就是一台笔记本电脑,里面存储着36个索道技术难题的图片和视频资料。趁着培训机会,他多次向总部工程师当面请教,所有疑惑都得到了满意的答复。

一分耕耘,一分收获。姚文华技能大师工作室和劳模创新工作室创新的索道检修工具获得了国家实用新型专利,引用的索道钢丝绳在线探伤系统填补了行业空白;创造性地修复损坏的风速仪,节约成本30多万元;在确保安全的前提下改进技术,将索道收车时间由31分钟减少到约16分钟,大大提高了工作效率……类似的小创新,姚文华能说出来一箩筐。

他自行设计加工轴套拆卸、支架提绳、轮衬拆装等专用工具,每年节省检修时间近200小时,间接创造效益超过百万元,明显提高了索道检修效率,并在索道行业内免费推广。

"目前,我们还在创新技术手段,开发应用更多的索道智能检测装置,力争进一步提高黄山索道的安全性和可靠性。"姚文华说。

拥有"金刚钻",干好"瓷器活"。姚文华和同事们吸取经验教训,不断探索创新,见证了黄山索道从无到有,从小到大,从依赖国外专家到实现技术输出,成为中国索道标杆的光辉历程。

有一天早上,云谷新索道出现了故障。游客已经排起了长长的队伍,越等待越焦急,人群中不时传来抱怨声。姚文华带领同事们迅速进行抢修,仅用5分钟就排除了故障。看到缆车动起来了,队伍动起来了,游客们献上了一阵阵掌声。

看着游客们高高兴兴地上下索道,平平安安地乘坐缆车,姚文华的心里别提有多自豪了。

现如今,黄山索道都已修订完善了应急预案和故障排查流程,能够更好地应对索道的各种突发状况。

2015年,全国客运索道救援演习在黄山云谷索道举行,面对现场二十几家的同行,身为现场索道指挥员的姚文华沉着应对。凭借多年积累的专业素养和丰富经验,救援演习十分顺利。"在全国索道行业中,咱们黄山云谷索道的牌子立起来了。"姚文华回忆说。

"这么多年,我的心总是悬着的。经常会梦到索道出现故障,有时候故障修好了,高兴得一下子醒了;有时候故障修不好,一下子又急醒了。"姚文华笑着说。

梦里梦外都是索道。索道占据了姚文华太多的时间和精力,让他没有更多的心力来照顾家庭。

老父亲胃癌晚期,姚文华尽可能抽出更多时间在床前尽孝。有一天正在修理索道故障,他接到亲人的电话,老父亲快不行了,让他赶紧回家。

姚文华眼含泪水,简单说了几句,就挂掉电话。"姚总,你快回去见父亲最后一面吧。这里交给我们。"同事劝他。

他深知，维修离不开他，他要是离开了，修理就要停止，索道修不好，游客就无法上山。

整理好情绪，继续投入修理工作中，直到所有故障消除。"不能因为私事影响了公事。修好以后我第一时间赶回家中，遗憾的是父亲已经去世了。"姚文华难掩悲痛地说。

作家冰心曾说："成功的花，人们只惊羡她现时的明艳！然而当初她的芽儿，浸透了奋斗的泪泉，洒遍了牺牲的血雨。"

每年黄山索道年检，往往安排在寒冷的冬季。在零下十几摄氏度的支架上，姚文华和同事们坚持高空作业，有时要连续检修10多个小时。

"最高的支架离地面有100多米，为了节省时间，我们经常把午饭带上支架，吃的时候饭往往都变成了一团团冷疙瘩，有时碗里还能看到冰碴儿，矿泉水也冻成了冰坨子。"姚文华说。

有一次是大雪夜，背着50多斤的工具走山路，敲碎索道支架上结的冰块，在零下十几摄氏度的半空中拆装设备……冬天气温低，索道的故障相对也多，半夜通宵忙检修，这些场景姚文华都经历过。

30年来，姚文华从一名普通的检修工成长为技术带头人，成长为全国索道行业的专家。2015年，姚文华被评为全

国劳动模范。2016年，安徽省姚文华劳模创新工作室成立
了，成为当年全国海拔最高的以索道技术创新为主的劳模
创新工作室。近年来，劳模创新工作室共培训索道技术员工
80余人次，获得创新成果5项，申请国家专利1项。

奇峰之间，悬崖之边，以姚文华为代表的黄山索道检修
工，以不凡的专业与敬业，在日升日落中忙碌，在寒来暑往
中坚守，守护着黄山的另一种美。

青山没有忘记

2022年9月30日是第九个烈士纪念日。

"宁海，好兄弟，我们看你来了！"黄山风景区公安局民
警赴黄山市烈士陵园，祭奠张宁海烈士，用清水和毛巾仔
细擦拭墓碑。

12年前，温泉派出所民警张宁海在搜救18名上海探险
大学生时留下了生命中最后一句话："注意脚下，我为你们
照亮……"他在下山途中不幸坠崖牺牲，生命永远定格在了
24岁。

每逢清明节、国家烈士纪念日、张宁海烈士牺牲纪念日

等时间节点,青年民警们都会来到黄山市烈士陵园。不仅如此,他生前的宿舍成为教育基地,曾经工作过的地方还陈列着他的遗物。

"青山没有忘记,我们没有忘记,如果没有那场意外,今年他36岁,可能有了自己的家庭,可能实现了自己的梦想。"黄山风景区公安局黄山南大门派出所教导员章旻说。

时间的指针拨回到2010年12月12日,黄山风景区风雨飘摇、浓雾弥漫。18时26分,黄山风景区公安局110指挥中心接到报警:上海市18名探险大学生在黄山风景区未开发区域呼救!

黄山市、黄山风景区迅速启动应急机制。当地公安、武警、消防和附近村民等应急人员230余人迅速开始搜救工作,并与上海方面取得联系。

20时22分,通过技术手段,景区初步确定呼救人员所在区域。21时整,搜救人员从不同方向冒雨赶往初步确定区域。

接到搜救指令时,温泉派出所民警张宁海已经准备休息了。"接到指令,我去叫他,他二话没说,穿起衣服就走了。"同事瞿安中说。他们迅速装备好雨衣、雨鞋、食品、对讲机、手电筒,紧急出发。

山上风雨交加,一道道难题扑面而来:八百里黄山山高林密,沟壑纵横,未开发开放区域占三分之二以上,基本上是人迹罕至的原始森林；迷路者手机信号消失，无法沟通，不能精准确定其所在区域……经过与上海相关单位多次联系，反复查找线索，通过一系列搜索定位手段，初步锁定迷路人员的大致范围在云谷寺一号区域。

张宁海被编入第一搜索分队，与第二搜索分队同时进山搜救。

雨一直在下，天黑得伸手不见五指，搜救队员们在黄山外围未开发开放区域，在荆棘纵横的原始森林里展开搜救。"有人吗？有人吗？听见了请回答！"张宁海和战友们一起不断地呼喊，还不时用警用手电筒对天照，发出闪光，方便大学生们看到。

经过6个多小时的艰苦搜寻，到凌晨2时37分，救援队伍在云谷寺一号区域一个峡谷的谷底找到了紧紧抱在一起的18名迷路大学生。

当时气温仅有4℃，大学生们全身被雨水淋湿，饥寒交迫，救援队决定立即将大家带出危险区域。

山中无路，只能摸着冰冷的悬崖艰难攀爬。为确保获救人员的人身安全，救援人员把学生们分散保护在队伍中间。张宁海主动走在队伍前面。由于大学生们戴的都是头灯，他走在外侧，打着手电，为大学生们照亮脚下的路。

雨大雾浓，夜黑路滑，他们走到一条只能容一个人通过的小路。"当时张宁海在前面探路,他过去后站在那儿用手电给后面一个女生照路,结果脚下一滑就摔下去了。"温泉派出所所长董玉明回忆说。

一道手电的亮光翻滚着跌落山崖,最后一点光亮被山谷中无穷无尽的黑暗所吞噬。

3时26分,坠落悬崖。最后时刻,张宁海还下意识地抓住了身边的灌木,可脆弱的小树并没能挽救这个年轻的生命。同组的消防队员立即系绳下崖搜寻,10分钟后在崖底小溪边找到他时,这位年仅24岁的小伙子已经永远地闭上了眼睛。

此时,冰冷的雨点像断了线的珠子落下来,黑沉沉的天就像要崩塌一般,似乎老天也在为一个年轻生命的逝去而哭泣。

经过一夜的摸索,第二天上午10时06分,救援队伍和18名大学生安全下山。

大学生得救了,张宁海却牺牲了。"宁海是党培养的人民公安,有责任、有义务保卫老百姓的生命。宁海的牺牲是值得的,是光荣的。"父亲张培伦说。然而,白发人送黑发人的心痛,谁又能够真正体会?

"穿上这身警服,就要把毕生精力献给人民警察事业!"从警的第一年,张宁海就在日记本上写下了这句话,也用实际行动践行着。

2009年1月4日，张宁海如愿成为一名警察。接到报到通知书的那天，这位阳光帅气的皖北小伙意气风发。

张宁海供职的第一站是黄山风景区公安局松谷派出所。上班第一天，从小吃面食长大的他，显然不适应皖南的饮食习惯。一天下来，他吃下去的米粒用手指都可以数过来。所长提出为他单独开个小灶，立刻就被他谢绝了。"慢慢适应就好，不能因为我一个人而给厨师添麻烦。"这位话语不多甚至有点腼腆的年轻人给同事们留下非常深刻的印象。

第二天晚上吃饭时，同事们都没有看到张宁海，打电话给他，他说外出办事去了，让大家不要等他吃晚饭。晚上8点多，张宁海满头大汗地回到所里，同事孙南华关切地问："你去哪里了？为什么弄得满头大汗？"张宁海告诉孙南华，他走路去耿城镇买信笺了，他要向党组织递交入党申请书。

"派出所里有A4纸，为什么还要跑那么远去买信笺？"孙南华不解。要知道，松谷庵距离耿城镇有7公里的山路，走路来回需要花费四五个小时。

"写入党申请书是非常严肃和庄重的事情，必须要用信笺书写，才能确保字迹工整。"张宁海认真地说。

第二天，松谷派出所党支部收到了张宁海递交的书写整齐、字迹工整的入党申请书，一字一句都饱含着他对党的无限忠诚与向往。

九龙云游　柯蔚生　摄

每逢黄山旅游高峰期,景区人流、车流密集,张宁海总是值守在任务最艰巨、游客最集中的地点,往往一天要工作18个小时左右。

"没接到指令,他绝不会离岗。"在玉屏索道保安部经理陶梅眼里,这个帅小伙异常珍视一名警察的形象:无论何时,张宁海着装非常规范,身上始终装备着一套六七斤重的装备。无论多累多饿,他绝不会在执勤时坐下来吃东西。只要在执勤,他就会一直站着。

同事送来了面包,他悄悄地放在身后;身边的矿泉水,他也从未动过。只要有游客在,他不是在站着执勤,就是在帮助游客提行李、抱小孩。等执勤结束了,他才大口咬面包、大口喝水,狼吞虎咽地补充体力。

在游客集散中心,不管谁来派出所办事,只要张宁海在现场,他总是立马泡好热茶,端到群众面前。见到腿脚不便的群众,他总是主动上前搀扶到座位上,跑前跑后提供各种服务。

平时在派出所,他主动承担烧开水和打扫卫生等工作,每天早、中、晚三次打扫警务大厅,一大早贴心地为同事倒好茶水。

内敛沉稳的张宁海话语不多,却处处体现了他的爱岗敬业和默默奉献。他在生活中是一个暖男,在工作中更是兢兢业业、一丝不苟。

张宁海随身携带两支笔和一本记事本。不论是来人接待，还是走访群众，他都会随时记下掌握的重要情况。

景区北大门立体停车场施工，张宁海负责易爆物品日常监管。"民爆物品用了多少？""库存还有多少？"每天他都会来到工地仔细核查，管理台账笔迹稍微有点潦草，他就会一遍遍核实。

停车场施工高峰期，每天工人有500余人。数量庞大且不断调整的施工队伍，给辖区派出所流动人口信息采集工作带来了极大困难。利用夜间闲暇，张宁海到工棚逐一走访登记。对于部分住在耿城镇的民工，他同样会认真采集信息，做好列表传到耿城派出所。

张宁海自费购买了一个快译通，跟着快译通学习英语口语，他嘴里时不时会蹦出各种英语单词。黄山外国游客多，张宁海就刻苦自学英语。牺牲前，他已进入黄山景区公安局外语翻译人才库。在警校时，张宁海就通过自学获得了中国刑警学院的侦查学本科文凭。

奶奶因病去世，接到家里传来的噩耗，张宁海强忍内心的悲痛，继续坚守在岗位上，投入忙碌的工作中。当时正是世博会旅游的关键时期，他没有向所里任何一位同事提起。

后来，所里得知张宁海奶奶去世的消息，专门安排他轮休五天,让他回家看看。据张宁海的堂姐张丽说,宁海回家后,长跪在奶奶坟前磕头不止,哭着说自己不孝,没能见上奶奶最后一面。

自古忠孝不能两全,守一方土尽一份责。父母第一次来黄山看望张宁海,派出所领导得知后嘱咐他,可以按照"从优待警"的政策,邀请父母上山领略一下黄山的美景。但是,张宁海以父母时间不够为由,婉言谢绝了。

原来,张宁海早早就将父母的门票和索道票买好,悄悄地锁在自己的抽屉里。

父母来到黄山后,所里安排他第二天休假,让他陪父母上山游玩,张宁海当时答应了。没想到,第二天他又出现在工作岗位上。原来,他把父母送上玉屏索道后,说了一句"派出所工作太忙,就不能陪爸妈上山游览了",转身又回到派出所。

"我们理解他、支持他,他就是这样的孩子,我们既心疼又骄傲。"父亲张培伦说。

在张宁海的书桌抽屉中,至今还放着当时的景区门票与索道票票根……

每次休假回家,张宁海需要背包步行4公里,走到汤口镇坐汽车。但他从没提过让单位的车送他一下,从不麻烦任何人。在派出所工作期间,他从没有因为自己的事情向领导提出过任何要求，更没有因为接待亲朋挚友向辖区单位寻求过关照或帮助。

来到黄山参加工作后，他的两个春节都是在值班留守中度过的,忙着加班,忙着值勤。第一年春节在忙碌中度过,他只能通过打电话给父母拜年。第二年春节是他主动选择值班留守,把回家团聚的机会让给了同事。

"那年大年三十晚上,我们吃了个凉的年夜饭,过了个'凉'年。"时任松谷派出所所长的甘良胜回忆说。大年三十晚上值班,刚端起年夜饭的饭碗,他就接到报警电话,有2个游客在上山途中体力不支,请求帮助。挂断电话,甘良胜和张宁海赶紧把碗放下,拿起手电筒就上山了。等他们把游客安全护送下山,回来时已经晚上9点多。食堂的师傅下班了,他们重新端起冰凉的饭碗。

当晚,张宁海打电话给父母拜年,无意中说起自己上山救援游客,刚刚从山上下来,冷得直打哆嗦。父亲喉咙一紧,鼻子一酸,差点落下泪来。母亲更是心疼不已,一夜辗转反侧,久久难以入眠。

"工作2年,一次都没有回家过年,亲戚朋友都想看一看他,他却把回家过年的机会主动让给别的同事。"母亲回忆说。

张宁海就是这样一个人。在亲属眼中,他是一个性情耿直、非常有出息、习惯用行动来证明自己的孩子，从小就懂得为他人着想。

常言道，三岁看大，七岁看老。刚上小学二年级，小宁海就提出来，以后不要大人接送，自己可以一个人上学、放学。尽管学校离家挺远，但是他要坚持自己走路。刚开始大人不放心，还偷偷跟在他身后一边护送，一边暗中观察。小宁海稳稳当当地走在人行道上，过马路时也十分沉着、冷静、成熟。从那以后，张宁海就再也没让大人接送过。

小时候张宁海就有一份警察情结，十分崇拜戴警帽的堂哥。高中毕业填报志愿时，张宁海坚定地选择了安徽公安职业学院。

如愿成为安徽公安职业学院的一名学子后，他十分珍惜在校的学习时光。他每天早晨5点起床，绕着操场一圈一圈跑，下午还会去大蜀山进行体能训练，每天跑步将近10公里。他的体能成绩在同学中是公认的优秀，他是同学们学习、追赶的榜样。

除了运动，他还写诗歌、踢足球、打篮球、下象棋、听音乐，充满了青春活力和对无限美好生活的热爱。

"在警校时，每天清晨、傍晚，都能听到他的箫声，箫声优雅、悠扬，让人非常开心，也让我们很放松。"张宁海经常在操场上练习吹箫，成为同学们回忆校园时光的美丽风景。

在警校的一次足球比赛中,有同学意外受伤。张宁海二话没说,把同学送到一〇五医院,跑上跑下交医疗费,等把同学送回宿舍时已是晚上10点多。

"每个人都有自己的人生目标,但要靠实际行动去实现,不是嘴上说说而已。"张宁海曾说。

警校临毕业前,他在报考志愿中填写了黄山风景区公安局。接到报到通知书的那天,张宁海高兴得合不拢嘴,他终于实现了儿时的梦想。

穿上警服,戴上警帽,张宁海就不舍得换下。除了在运动场上穿运动服,其他时间他都是一身警装。

踏上工作岗位以后,张宁海依然保持着良好的生活习惯。别人递烟给他,他说不会抽烟;别人喊他喝酒,他说不会喝酒。从学校到工作岗位,从合肥到黄山,他正是用对自己的苛求、自律来实现自己的人生价值。

在张宁海宿舍的桌上,常常放着一瓶辣酱,白面馒头就辣酱是他常说的美味大餐。在张宁海的遗物中,他的衣服口袋中只有一部已磨掉漆的手机、两支笔和食堂饭卡。

书桌抽屉中,他的MP3静静地躺着,耳机线有两处缠了几层透明胶。他舍不得换耳机线,却为玉树灾区捐款800元。这800元他攒了好几个月,原本准备买一套运动服和一双新球鞋。

"每个月他都从不到2000元的工资中拿出600元寄给家里，还经常给我们买礼物、送惊喜。"张宁海母亲说。父亲节当天，张培伦收到儿子送的手机，打开盒盖，里面写着"父亲节快乐"；所里给民警订购保暖鞋，张宁海特意报了个较小的鞋码，把鞋寄给母亲；第一个月发的工资，张宁海一分没花，悉数孝敬了日夜思念他的奶奶。

"温泉派出所是地处黄山南大门的一级派出所，它服务的是来自五湖四海的中外宾朋，所容所貌是我们工作最基本的展示。"这是张宁海的工作笔记里的一段话，寥寥数语，展现出张宁海对警察职业的无限热爱、对警容风纪和工作环境的无比珍视。

2010年12月15日，安徽省人民政府批准张宁海同志为革命烈士；2010年12月16日，中共安徽省委追认张宁海同志为中国共产党党员；2011年6月9日，张宁海被追授"全国公安系统二级英雄模范"。

点点星火　温暖旅途

测量枝干倾斜度、查看树皮健康程度、检查支撑杆状况……每天清晨6点半，是丁丁和胡晓春雷打不动的"早操"时间。从加入黄山迎客松应急保护队那天起，这样的"早操"，丁丁已坚持了2200多天。

1987年，丁丁出生在黄山脚下的三口镇。站在小镇街道上，抬头能望见黄山主峰之一光明顶。这让他对黄山有着天然的亲近感。做梦都想不到，2016年9月1日，丁丁加入迎客松应急保护队，成为一名守松人。

能与迎客松结缘，得益于丁丁在原第二炮兵工程部队8年的服役经历。

2006年高中毕业后，丁丁在家人的鼓励下参军入伍，所在部队承担洞窟挖掘任务。"白天见不着太阳，晚上见不着月亮"的工作环境，让他和战友们比常人更耐得住寂寞，也锤炼了严谨细心的品质。当兵第二年，丁丁进入"主力排"；第三年，当上掘进班班长；第四年，所带班成为连队掘进主力。

由于常年与绝壁、碎石打交道，他们小磕小碰不断，甚至多次与死神擦肩。一次侧洞开掘作业中，他们班负责开第一炮。凿眼、装药、爆破……战友们密切配合，整个过程一气呵成。排烟后，丁丁和一名战友进洞排险。

突然，丁丁注意到顶部碎石有松动迹象，立马拉起战友往外跑。就在他们到达安全区域几秒钟后，几块直径约2米的石头轰然坠落。事后,战友们为他的果断处置点赞。

2014年脱下军装时,丁丁的行囊里多了集体三等功、"优秀士兵"、"优秀士官"等大大小小的证书、奖章。2016年,他顺利通过招聘,成为黄山风景区管委会玉屏管理区防火队队员。上岗后的第一天,领导带他来到守松人胡晓春的值班室。

"晓春,这次给你物色到得力干将啦!"领导拉着丁丁,笑呵呵地向胡晓春介绍。得知自己将配合胡晓春共同守护千年迎客松时,丁丁兴奋得几天睡不好觉。

"我们守护的不仅仅是一棵古松,而且是一种传承、一种使命!"丁丁至今仍记得师父那天的嘱咐。在胡晓春的带领下,丁丁悉心学习每一项防护知识。

2018年春节前后,黄山风景区遭遇冻雨天气,下的是雨,淋到身上就结成了冰。迎客松枝干上的冰越结越厚,松针上很快结出冰球,随时可能压断枝条。在师父的带领下,丁丁和其他10名迎客松应急保护队队员在10平方米的值班室里全天候待命。每小时监测记录数据,对下垂幅度较大的枝条进行临时支撑保护……六天里,他们顶风冒雨,全力保护迎客松。

当工程兵时,丁丁有过在严苛恶劣环境下施工的经验,每一次检查、加固、防护,他都冲到前面。眉毛、睫毛上结了霜,他反而觉得自己也变成一位"老人",更加理解迎客松的坚韧、顽强,仿佛与它有了情感上的共鸣。

这些年,为更好地完成工作任务,丁丁想方设法提高自身本领。2018年,景区配备无人机,用于松林检测和病虫害防治工作。他第一个报名参加培训,上课认真学,下课"开小灶",很快掌握了无人机操作要领。原来对天都峰和莲花峰的松林进行人工巡查,4个人巡查一趟需要2小时,如今他独自一人用无人机巡查,仅用40分钟就能完成任务。

6年来,丁丁对迎客松和其他每一棵黄山松的感情越来越深。它们扎根岩石的钻劲、栉风沐雨的韧劲,像极了一位位战士。

一位战士的身边,往往站着一群战士,综合执法局查袁钢也是其中一位。

因为跑得快、耐力好,查袁钢被队友们赠予"飞毛腿"的雅号。

1998年,他来到黄山风景区综合执法局工作后不久,新入职稽查人员体能拉练开始了。凭借在武警某部当兵3年练就的好体能,他轻松跑完从黄山北海宾馆到光明顶的2000多米山路,第一个到达终点。

军旅经历虽不长,但在军营里度过的每一天、流下的每一滴汗都让他强健了体魄、锻炼了耐力,也使他形成凡事争

1998年迎客松东二枝折断时的场景　黄山风景区管委会　提供

先、不甘人后的性格。

日常工作中，查袁钢主要负责黄山风景区旅游综合执法和社会秩序管理，遇有紧急救援、灾害抢险等情况，他和队友们要在第一时间出动。

一句"飞毛腿来了！"展现老兵应有的作为和担当。

2017年10月的一天，紧急救援。傍晚6点左右，一名游客在地势险峻的黄山入胜亭突发心脏病，急需救援。接报后，查袁钢抓起身边的手电筒就向入胜亭奔去。天色已晚，他跟跟跄跄地行进在那4公里陡峭的上坡路上，山风吹进被汗水浸湿的衣领，让人不由自主地打起寒战。

"游客出现休克，救援什么时候来？"对讲机中传来急促的呼叫，查袁钢的脚步仿佛比呼叫声更加急促。他第一个赶到现场，随即投入观察游客状况、引导现场秩序之中。随后，查袁钢与队员们密切配合，用衣物将昏迷游客固定在人工轿子上，以最快速度抬下山，为抢救生命赢得了时间。

"你这个'飞毛腿'，真是宝刀未老！"目送救护车远去时，队友拍拍查袁钢的肩膀。

与紧急救援的"快"相比，救援环境的"险"则是更大的挑战。

一个夏天的傍晚，一名游客不慎进入黄山未开发区域，滞留在一处悬崖边上。夜色将至，山路难行，按照正常的救援线路,队员们很难迅速抵达。

"抓好绳子,我去摸摸情况!"查袁钢果断采取攀崖救援策略,随后绑好安全绳,小心翼翼地爬向十几米高的悬崖。上崖后,他第一时间稳定游客情绪,随后与从山下赶到的辖区消防救援队一道,将游客安全解救。

当时稍有不慎就会滑落,不害怕吗?查袁钢挠挠头,事后回想起来真有些后怕,但当时顾不上那么多,只想先把人救出来。

在黄山风景区工作的24年间,查袁钢参加各类救援任务500余次。每当救援指令下达,他都以最快速度协调救援力量,赶往现场处置。

如今,查袁钢每天仍保持着20000步以上的步数,"飞毛腿"随时向前冲锋。

在郁郁葱葱的山林中巡查,森林防火员胡汉森用"火眼金睛"和"独门秘籍",守护满目苍翠的黄山。

森林防火员的眼睛"毒"。"站一点看一片,走一片看全面。"隐蔽在落叶间的杂物、通信线路故障,他们总能在第一时间发现。

平时,胡汉森和队友们不仅要在人流量大的地方开展巡查,更常常爬山钻林,到人迹罕至的深山中搜寻。

巡山伴随着各种危险:磕磕碰碰、擦伤摔倒、突如其来的蛇虫……总是让大家胆战心惊。每当队友遇到擦伤磕碰时,胡汉森总是自告奋勇,手法娴熟地帮他们处理伤口。

轻伤不下火线。在一次攀岩巡查中,胡汉森不小心脚下打滑,右手被树枝划破,顿时鲜血直流。到医院缝了7针后,伤情才基本稳定。

大家劝他好好休息,可当时正值森林火灾高发期,胡汉森还是选择回到岗位上。"人在岗位上,心里才踏实。"胡汉森说。

常年在潮湿的环境中巡查,风湿性关节炎是常见的职业病。

2012年7月,胡汉森正带着队员开展业务集中培训,景区外围突发雷击火情。接到扑救命令后,他拖着风湿伤痛的双腿,第一时间赶到现场扑救。

也许,这种义无反顾是一名老兵刻在骨子里的本能。

1990年,胡汉森结束了近5年的部队卫生员生涯,退役回到家乡黄山。34年来,胡汉森一直工作在偏远站点,巡查足迹遍及黄山和黄山外围的每条山路、每道山峰。

山高人为峰,海阔心无界。"每一次坚守,都有它的意义。"游客集散中心安保部部长胡春雷说。

游客集散中心距离黄山风景区约20公里,是守护黄山安全的重要"门户"。

瞪大眼睛检查游客随身携带的包裹，铁面无私管控私车接拉游客，不厌其烦为粗心的游客守好车辆……胡春雷和同事们昼夜坚守，将一切可能威胁景区安全的因素拒之门外。

"帐篷为什么不能搭""无人机为什么不能飞""画板为什么不能带"……他们总是耐心地解释。同样的话语，每天要重复许多遍。

平凡是保安工作的底色，重复是工作内容。有人说他们的工作枯燥乏味，胡春雷却认为，每一次坚守，都有它的意义。

前不久，远道而来的4位游客丢失了背包，多方寻找无果后，他们无奈地放弃了寻找。

看着他们失落的样子，胡春雷心中不忍，决定再细细查一遍监控，终于在细微处找到线索。

"这是场完美的旅行！"当胡春雷把游客追回来时，他们激动地说，他们不仅领略到了黄山美景，也感受到了黄山的温暖。

在游客集散中心工作20年，胡春雷只登过一次黄山。节假日通常是保安员最忙的时候，他很难腾出完整的休假时间。

"登上黄山那天，我站在光明顶极目远眺，却怎么也望不到游客集散中心。山太高、太大,游客集散中心太远、太小。"胡春雷说。

尽管如此,胡春雷依然觉得自己与黄山靠得很近。他们守住了上山的第一道关卡,为游客揭开大美黄山的序幕。当目送游客心满意足地离开后,他们见证了一场场完美的黄山之行。

采访手记
始于凡，成就非凡

坚守，是因为不忘初心；而坚守自己的坚守，则是对使命最大的尊重。

所有平凡中的坚守都应该被尊重，因为，正是这看似平凡的付出，才最终成就了一个个不平凡。

守护黄山的
中国好人

Shouhu
Huang Shan
De
Zhongguo
Haoren

至今，我们都忘不了两组数字：

180万米、相当于200多座珠穆朗玛峰的高度，这是放绳工李培生25年来在黄山放下的绳索长度。80多本、超过140万字，这是第19任守松人胡晓春14年写下的《迎客松日记》的厚度。

这一切，都是在每个平淡且平凡的日子里坚守的结果。

感谢在黄山上，和李培生、胡晓春，不，还有和他们的同事朝夕相处的那段日子。

这是我们第一次如此近距离地触摸黄山的肌理。几天的时间，我们在黄山之巅经历了风雨，邂逅了云海，遍访黄山上造型独特的黄山松，和黄山的守护者同吃同住促膝长谈，倾听环卫工、防火员、索道维修员、安保人员、技术人员工作和生活中的酸甜苦辣，以及不为外人所知的故事，见证了"天下第一山"和"天下第一松"日常运维背后的种种。

如果是普通的游客登黄山，满目的风景已让人目不暇接，谁会注意到这些普通的工人？谁会留心山岳景区何以如此清洁？谁会多问一句迎客松千年屹立背后的原因？

青山无语。

在山上采访的一天晚上，当时疫情防控政策尚未调整，作者要给安徽大学的学生做一次网络讲座。为了确保网络顺畅，讲座地点选在玉屏楼宾馆，离我们的采访点还有几公里山路石阶。

那天晚上，山上起了大风，天上飘着小雨，人站在石阶上都摇摇晃晃，抬头看见黑黢黢的夜色中通往玉屏楼的石阶，不禁心生寒意。李培生的搭档——放绳工谢天星打着手电筒陪着作者从采访点向玉屏楼爬去。天幕漆黑，湿滑的石阶一边是直立的石壁，一边是刀削一样的悬崖，我们抓着石阶的扶手一步步向上攀爬。

那是8月底，我们穿的羽绒服很快被雨水打湿，行走越发困难，风吹着口鼻，呼吸更加困难。谢天星熟悉山路，每到一个拐角，他都会紧走几步到我前面，用手电筒照亮我脚下的台阶，小声说一句："慢点。"

那就是一向少言寡语的谢天星的风格。我们在采访他的同事以及李培生时，他总是在一边静静地站着，但你有什么需要，稍稍一个眼神，他立刻心领神会，把你需要的东西送到你手上。就像那天陪作者走山路，他默默地把作者的背包拿过去塞在雨衣下，在作者走不动时拉作者一把，绝不多言一句。

10多年来,作为放绳工,更作为李培生的搭档,他默默地在山崖上"飞"来"飞"去,默默地为李培生穿好绳子,总是赶在最佳时间点把李培生放下去、拉上来。同样,李培生也会这样对他。他们像一个人的左右手一样配合默契,知道对方的所想所需。

到了房间,作者赶紧打开电脑。那边,谢天星已经帮作者找出干爽的拖鞋,重新拿来一套棉衣,一直看着作者对着电脑开始讲座,他才悄悄把门关上,静静离开。

我们在黄山上采访时每个工作人员都是这样,不愿谈及自己,只有说到自己的同事和做过的工作时,才会滔滔不绝。

洪海滨,2005年到黄山上班,一直从事环卫工作,目前是黄山风景区管委会玉屏环卫所所长。你怎么也没办法把眼前这个风度翩翩、气质儒雅的人和"环卫"联系起来。事实却是,他有着10年普通环卫工的经历,从最基层的环卫工作开始,所有的岗位都经历过。正因为如此,他对每个岗位和每个工人像对自己的家和自己的兄弟姐妹一样熟悉。从别人口中,我们才得知他的妻子曾长期患病,他既要照顾山下的妻子,又不能耽误山上的工作。问他是如何熬过那段日子的,一向侃侃而谈的他突然陷入了沉默,只是轻声说了一句："扛呗，家里离不开我，我也离不开黄山。"

洪海滨参加过近年来黄山上几乎所有的救援工作，在陪我们采访的空隙，他向我们讲述一次次救援的艰辛细节，讲参加救援人员的通力合作。可是，他会在讲述时刻意隐去自己。"我是所长，必须出现在需要我的时刻，真正冲在一线的是我的同事们，至于我，有啥好讲的呢？"

上午10点30分，黄山上飘着蒙蒙细雨，在玉屏环卫所的"中国好人李培生工作室"，环卫工人们每人捧着一个饭盆开始吃午饭。每天，他们早上6点就要到达自己的辖区，赶在游客上山前把游步道清扫干净，风雨无阻。按照惯例，中午12点左右，山上的游客会在山道上休息，吃点零食，最容易产生垃圾。他们必须打个时间差，提前清扫、提前吃饭、提前到岗。在游客到来之前提供清洁的环境，在游客走后把山道再清扫干净，这就是他们日复一日的工作。

帮厨的是李培生的徒弟——刚入职一个月的王年丰。王年丰给我们看师父给他特制的工具：一根可以伸缩的渔竿，最顶部是一个钩子和尖尖的铁尖，用铁丝紧紧绑在一起。"他还没掌握放绳的要领，现在让他用这个练习准头，伸出去长达6米，可以扎起山谷里的垃圾，也可以把下面的垃圾钩起来。"李培生说话的时候，我们能从旁边王年丰专注的眼神里读出明显的佩服和羡慕。

同事吃饭的时候，王年丰拎着渔竿在附近转悠，不放过任何一个可以练手的机会。看得出来，他想尽可能快地结束自己的"实习期"，早日像他的师父那样在悬崖上"跳舞"。

自从黄山开始有环卫工，这样的传承就一直持续着。

为了弄清楚黄山环境整治的历史和黄山松专人保护的由来，我们去拜访黄山风景区管委会园林局总工程师姚剑飞。那个下午，在黄山国际大酒店的茶室里，姚剑飞特意带来了两张发黄的照片：一张是他1985年刚参加工作时与迎客松的合影，照片上的他青涩儒雅、意气风发，"那也是我第一次登黄山，第一次近距离看迎客松，哪知道，这一辈子和黄山、和黄山松没有分开过"；另一张拍摄于1988年，站在雪后的迎客松下，他的神情里有一丝淡淡的忧虑。"那年大雪，我作为迎客松保护小组的3个成员之一，在茫茫雪海中步行近4个小时才赶到玉屏楼，指挥工人用竹竿和吹风机为迎客松除雪。"在经历了两天的奋战，确保迎客松安然无恙后，趁着没有游客，姚剑飞请同事帮他在迎客松下拍下了那张照片。

如今，头发花白却纹丝不乱的姚剑飞记忆力惊人，他向我们如数家珍地介绍黄山松的保护过程，回忆他和迎客松所经历的风雨雷电，讲"梦笔生花"如何枯萎，怎么用塑料松树替代，最终又怎样找到一棵松树移植到"笔头"。"我和迎客松是过命的交情啊！"说这话时，阳光透过窗户，落到他坚毅的脸上，像极了一幅棱角分明的雕刻画。

喜欢书法的老姚有很多印章，他最喜欢的一枚闲章是"松缘"。干了一辈子工作，也陪伴了黄山松一辈子，"我说不清是我选择了黄山松，还是黄山松选择了我。别人未必有这样的机缘，反正，我对这样的选择无怨无悔"。

老姚之所以能有这份闲情逸致，是因为他现在有了个得力的助手吴贻军。老姚自谦为"土专家"，而把吴贻军当成"洋专家"。

2016年，吴贻军从安徽农业大学博士毕业，婉拒了在高校任教和继续深造的机会，来到黄山从事古树名木、生态资源保护工作。

2018年1月，景区遭遇自1955年光明顶气象站建站以来观测到的最严重的一次冻雨，1米长的导线上凝结的冻雨重量达到5120克，是2008年南方雪灾时的1.65倍。吴贻军作为迎客松保护技术指导员，顶住压力、沉着冷静，根据所学认真分析并提出具体措施，指导应急守护队伍有序开展应急保护工作，确保了迎客松、黑虎松、送客松等重点古树名木安全。后来，他又指导应急守护队伍成功抵御台风"利奇马""烟花"及2022年初持续低温冰冻雨雪等几十年不遇的异常气候对迎客松等古树名木可能造成的威胁。"如果在校园里,哪有这样的机会亲身经历那些惊心动魄的时刻？还有什么样的科研能像这样打动人心？我也许做不到把论文写在大地上,我选择了黄山,选择了陪伴黄山松,就应该把论文写在黄山的丘壑间,写在黄山的一草一木上。"

如今,吴贻军已经是黄山风景区管委会园林局高级工程师,他采用声发射技术、分形理论等研究木材竹材断裂力学,采用理论推导、实验实践结合研究风雪载荷下的树木破坏和安全评估,均取得了系列创新性成果,发表论文12篇(其中SCI5篇,EI1篇)。他积极将理论创新成果转化为实践应用,研发古树名木保护、林业有害生物防治、林相景观维护等器械,成功应用于迎客松等世界遗产生态资源的保护工作,成果获授权发明专利3项、实用新型专利4项。他积极开展科研课题研究。由其主持的"迎客松3D数字化建模"项目,获得国家文物局等单位验收组的高度评价:"项目利用测绘与数字化技术对动态的迎客松开展的3D数字建模工作,属国内首次,成果具有一定创新性,在国内具有较高的水平";他参与的野生动物观测项目发现了"安徽麝鼩""黄山小麝鼩"两个哺乳类新物种,丰富了景区的哺乳类动物生物多样性。

对迎客松的保护,"最早我们采用硬支撑,但是迎客松也是一个生命体,它会感觉前面有东西撑着它,所以会逐渐再向前生长。这对整个生长是不利的"。为了解决这个难题，在吴贻军的苦心钻研下，他们发明了一种双向双刚度弹性支撑杆，可以通过安装在弹性支撑杆里的力学传感器来采集数据，分析比对，更科学地调整支撑杆的力度。

黄山古树名木众多，其中有54株被列为世界遗产。"踏踏实实守护黄山一草一木"，这是吴贻军的信念。"作为景区的青年科技工作者，一定牢记习近平总书记的嘱托，加强科研攻关，用科技手段守护好美丽黄山。"

2023年第二季度，吴贻军被黄山市推荐为"安徽好人"候选人。

我们在黄山上采访时得知，黄山风景区党工委副书记林辉要到三溪口的党小组上党课，于是和他约定，第二天上午10点30分在黄山风景区管委会园林局钓桥管理区三溪口小队见。

如果走南大门，到山上最偏远的黄山风景区管委会园林局钓桥管理区三溪口小队，要半天的时间。从西大门上山，以林辉平时的速度，1个小时就能抵达，于是他决定从黄山西大门上山。

三溪口位于海拔968米的西海风景区，有5名防火队员和3名环卫工人，其中党员3人。上不靠驻地，下不邻村镇，生活物资、工作设备、下山垃圾都要靠肩挑背扛。

正值深秋，黄山刚送走国庆长假的大客流。从黄山西大门拾级而上，层林尽染，天空一碧如洗，沿途美景扑面而来。林辉记不得多少次爬上黄山，但他清楚地记得，从黄山西大门到三溪口，山路4公里，总共有3720个台阶。

10点45分，林辉与8名员工相对而坐，畅谈学习习近平总书记回信的感受和如何以饱满的精神状态迎接党的二十大召开。"总书记的重要回信，高度评价了李培生、胡晓春2位同志多年的敬业奉献、坚守付出，这不仅是2位同志的崇高荣誉，也是景区全体干部职工的无上荣光，更是对多年来黄山保护管理发展工作的充分肯定。"林辉说，"作为黄山守护者，我们每人都是收信人。"

54岁的女环卫工郭新华已在此工作了10年，尽管家就在山下的陈村，但除了休假和下山采购，她每年要在山上住三百天以上。"好在我老公就在西大门的票房工作，我每天巡查路面时可以见到他一面，其他人就没有这么幸运了。"郭新华笑起来，眉目间是朴实的羞赧。

"你问啥时候最苦？当然是冬天下雪下冻雨的时候。"郭新华记得，2021年冬天黄山下大雪，"山路台阶上的雪有半人高"，他们必须赶在游客上山前把游步道上的雪清理掉，"天一亮就开始铲雪，看不见路，扫到最后，人都想哭"。

除了日常保洁和防火，他们还有一项义务工作：救援。

从2020年至今,三溪口的8名工作人员参与救援19起,大部分是在夜间。

"黄山是中国的名片,将黄山这座人类共同的家园保护好、传承好、永续利用好,不仅是我们的使命,也是我们的荣耀。"黄山风景区管委会园林局钓桥管理区主任杨勇曾担任过3年多的扶贫工作队队长,"扶贫和守护黄山一样,都要久久为功,都要甘于平凡"。

11点50分,林辉和大家畅谈了感受,收集了大家对工作和山上生活的意见建议后,陪我们在三溪口环卫所吃饭。

围坐在三溪口环卫所门口的石桌旁,溪流潺潺,松风入耳,鸟鸣啁啾,一派世外桃源的静谧和空悠。

听说我们要来采访,环卫所的工人们提前一天从山下买来食材挑上山。竹笋炒咸肉,豆腐炖青菜,紫菜鸡蛋汤,还有一盆红烧鸡。"因为你们来了,这个红烧鸡是特意加的。在山上,所有吃的东西都是人工挑上来的,有些简陋,你们别介意哦。"

我们眼睛酸酸的,不说话,埋头吃饭,心里是难以言表的暖意和敬意。

吃过午饭,林辉匆匆下山,"还有3720个台阶等着我呢,不过我下山快,别人要1个半小时,我40分钟就行啦"。

那天,我们在山上采访了一天下来,刚住进管委会招待所，林辉就赶过来："你们腿疼不疼？"他知道，黄山的陡峭和山路，对每个不经常爬山的人的腿脚都是一种考验和煎熬。

出去了一会儿，林辉给我们每个人拿来一个泡脚桶，亲自盛上热水，让我们一定要泡个脚，"不然，明天走路会一瘸一拐的，肌肉酸疼"。

在我们泡脚的当儿，林辉默不作声地用热水给我们每人烫了两条毛巾，亲自敷在我们的双腿上。

低下头，看到50多岁的林辉细致地把热毛巾缠在我们腿上，他的头上已经有了不少白发。那应该是黄山上的岁月浸染的结果。

沿着北纬30°10′的轨迹，在距离东海400公里的大山腹地，破晓的曙光，正惊动着重重峰峦中深藏的秘密。

这是黄山，中国唯一一座以中华人文始祖黄帝之名命名的山，因奇松、怪石、云海、温泉而得名的"黄山四绝"，汇集了天下奇景。

神奇的黄山，用一个梦幻世界，把传说中的仙境带到了人间。

黄山，集世界文化遗产、世界自然遗产、世界地质公园三顶桂冠于一身。黄山是一座由花岗岩石林构建的巍峨城堡，一万年时光的雕琢，让黄山拥有了"天下第一山"的美誉。"五岳归来不看山,黄山归来不看岳。"

这里,是生灵共舞的一方天堂。一棵站立在峰巅的天下奇松——迎客松,以它千年的风姿,展示着中国人好客的形象。

这里,是孕育梦想的地方。南北宽约40公里、东西宽约30公里的黄山山脉,怀抱着一代代人的美好家园。这片幸运的土地上,保留着成片珍贵的古民居群落,这里是"文房四宝"的故乡,这里诞生了众多创造杰出工艺的古代工匠。

几乎没有人不被黄山独特的奇景所震撼。内心的激荡,往往化作岩石上的烙印。这些激情豪迈之词,遍布黄山五海的每一处胜景。黄山共存有唐、宋、元、明、清、民国及当代的摩崖石刻300多处,隶、篆、行、楷、草书各领风骚。黄山,一座深藏不露的书法博物馆。

其中一块摩崖石刻最为抢眼:"立马空东海,登高望太平。"太平,是黄山脚下一个地名,又何尝不是黄山人乃至中国人对生活的向往和期盼?

鸟衔风吹,黄山松的种子,落在花岗岩的裂缝中。在多雨而潮湿的岩石上,种子发芽。松树在这种贫瘠的环境下,顽强汲取岩石和空气中的微量养分,根系缓慢生长,松根分泌的大量有机酸不断溶解岩石,岩石中的矿物盐成为松树维持生长的微薄养料。

　　黄山松缓慢的生长速度，远远超过了人们对植物生长的一般想象。一棵细小的黄山松,可能树龄就有好几百年。海拔越高,黄山松树形越矮,生长得也越缓慢。黄山独特的地貌和气候,造就了黄山松这种中国松的变体、世界植物史上的奇迹。

　　只有深入黄山的肌理，才能感受到黄山和黄山松之外的另一个奇迹:黄山人。

　　他们像黄山松一样遍布黄山的每一个角落，用不为人知的默默工作守护着绿水青山，守护着祖先留下的大好河山,日复一日,年复一年。

　　他们平凡得如同山谷里的小草，从不以风景的形象出现,而是站在风景的外围,以微不足道的姿态,扮靓黄山的每一个角落。

　　他们沉默得像山崖上微笑的松枝,迎风,抗雨,以无言的奉献装点着大好河山。

　　正是他们平凡的工作，使黄山成为一个独立的地理文化单元,以徽州之名大放异彩。

　　这是平凡中的坚守。坚守,是因为不忘初心;而坚守自己的坚守,则是对使命最大的尊重。

　　所有平凡中的坚守都应该被尊重,因为,正是这看似平凡的付出,才最终成就了一个个不平凡。

　　所以，我们总是在采访中一次次被感动。我们想竭尽所能地用文字记录下他们一点一滴的工作，如实记载他们平日里不言不语的酸甜苦辣，努力忠实地呈现作为"收信人"的他们对"绿水青山就是金山银山"的默默践行。

　　所以，他们才成为"中国好人"，并且在努力成为"社会的好公民、单位的好员工、家庭的好成员"。

　　青山做证。